FROM THE FILMS OF

Harry Potter

ハリー・ポッター
魔法の
アフタヌーンティー

FROM THE FILMS OF

Harry Potter

ハリー・ポッター
魔法の
アフタヌーンティー

魔法界がテーマの軽食・飲み物・お菓子公式レシピ

ファンタスティック・
ビーストにゆかりの　FANTASTIC
レシピも収録　BEASTS

文：ジョディ・レベンソン
レシピ考案：ベロニカ・ヒンケ

静山社

目 次

お茶と楽しむキャンディー、スナック、おみやげ

ティータイムのお酒、ホットドリンク、魔法のカクテル

✦ 本書の使い方 ✦

本の中で表示した大さじ1は15ml、
小さじ1は5ml、1カップは200mlです。
レシピに付いている記号の意味は、次のとおりです。

　V ：ベジタリアン
　V+：ビーガン
　GF ：グルテンフリー

小麦粉は、できれば中力粉を使ってください。

はじめに

　ハリー・ポッター映画は、まさにイギリス的な映画です。ホグワーツとホグズミードに登場する俳優はすべてイギリス人、場所はすべてイギリス、使われる用語もイギリス英語です。ジニーは「ジャンパー」（セーターのこと）を着、ハリーは「トレーナー」（スニーカーのこと）を履いています。クリスマスのお祝いの席には必ず「クリスマスクラッカー」があります。ルーナ・ラブグッドは、学年度末のパーティーで「プディング」が出るといいなと言います。「プディング」は、イギリスでは「デザート」と同じ意味です。

　ファンタスティック・ビースト映画では、イギリス人のニュート・スキャマンダーが、いろいろな大陸の都市を旅します。パリでは、キラキラ光る物が大好きなペット、ニフラーのテディが、重要な意味を持つ物をゲラート・グリンデルバルドから盗み出し、ホグワーツに戻ったニュートが、友人で恩師のアルバス・ダンブルドアにそれを渡します。そこで、ダンブルドアはごほうびとしてテディにお茶を勧めます。（ニュートは、お茶でなくミルクがいいと言い、ティースプーンは隠しておくようにと、ダンブルドアに念を押します）

　3段重ねの陶磁器のトレーいっぱいにおいしいお菓子や軽食を盛り付けたアフタヌーンティーほど、イギリスを象徴するものはないでしょう。アフタヌーンティーはどのようにして生まれたのでしょうか？

　アフタヌーンティーは、ビクトリア女王の時代に始まりました。女王に仕える女官たちは、夕方近くに少し空腹を覚えたため、お茶を飲みながらパンやビスケット（クッキー）などのちょっとした軽食を取るようになりました。ここから、毎日友人たちと集まって、おしゃべりをしてのんびり楽しむ慣習が生まれたのです。お茶は女王の客間のローテーブル（背の低いテーブル）で出されたため、この集まりは「ローティー」と呼ばれました。

　肉も出される「ハイティー」や、お茶とスコーンが出される「クリームティー」もあります。また、「ロイヤルティー」では、シャンパンまたはシェリー酒（近年ではその他のアルコール飲料も）が出されます。お茶に使う典型的な食器は、ティーカップとソーサー一式、小皿、ティーポット、シュガーボウル（砂糖入れ）、ミルクピッチャー（ミルク入れ）です。

　お茶をかき混ぜる方法は、円を描くのではなく、まっすぐ行ったり来たりするのが正しいとされています。しかし、ドローレス・アンブリッジ教授は、なんとこのルールを守らずに、ティーカップにピンク色の砂糖を入れて円を描くようにかき回しています。

　本書は、アフタヌーンティーを生み出した第7代ベッドフォード公爵夫人が客間での集まりで大歓迎するような、軽食、お菓子、飲み物のレシピをまとめた豪華な一冊です。占い学のシビル・トレローニー教授にお茶の葉を読んで予想してもらうまでもなく、ハリー・ポッターにちなんだ魔法のアフタヌーンティーで楽しいおもてなしができることでしょう。

第 1 章

手軽につまめる
プチサイズの
スイーツ

「バックビークを逃がす前に、
ファッジに見せなきゃ。
ハグリッドが逃がしたと
思われちゃう」

——ハーマイオニー・グレンジャーが
ハリー・ポッターに

『ハリー・ポッターと
アズカバンの囚人』

ハグリッドのパンプキン・ティータイム・マドレーヌ

『ハリー・ポッターとアズカバンの囚人』に登場するハグリッドのかぼちゃ畑は、ハグリッドの飼っているヒッポグリフのバックビークが処刑前に眠っていた場所であり、ハーマイオニーの逆転時計でハリーとハーマイオニーに助け出された場所でもあります。このかぼちゃ畑のかぼちゃのうち、小さめのかぼちゃを制作するのに使われた型は、『ハリー・ポッターと炎のゴブレット』のデザートパーティーのかぼちゃ形チョコレートケーキを制作するときにも使われました。

　このマドレーヌは、昔ながらのマドレーヌのレシピをもとに、ハグリッドのかぼちゃ畑にちなんでアレンジされています。パンプキンとシナモン風味で、焼き上がりに粉砂糖を軽く振りかけたこのマドレーヌは、アフタヌーンティーにぴったりの大きさです。

バター　115g＋大さじ1
　（溶かして冷ましておく）

小麦粉　125g＋大さじ1

卵（Mサイズ）　2個

グラニュー糖　150g

パンプキンパイの
　フィリング　120ml

シナモン　小さじ1

カルダモン　小さじ1/2

ナツメグ　小さじ1/2

塩　1つまみ

粉砂糖　大さじ1

特別な道具

マドレーヌ型

1　オーブンを190℃に予熱する。

2　溶かした大さじ1のバターをマドレーヌ型の内側に塗り、細かいくぼみにもまんべんなくバターが行き渡るようにする。大さじ1の小麦粉を、型に指で薄く振りかける。

3　大きめのボウルに卵とグラニュー糖を入れ、ハンドミキサーの低速でよく混ぜる。

4　パンプキン、シナモン、カルダモン、ナツメグ、塩を入れる。残りの125gの小麦粉を入れ、次に残りの115gのバターを入れる。調理スプーンでさっくり混ぜ合わせる。

5　型に生地を大さじ2ずつ入れる。オーブンに入れ、端がきつね色になるまで15〜20分焼く。

6　オーブンから出し、型に入れたまま網の上に置いて冷ます。冷めたら粉砂糖を振りかける。

保存は、密閉容器に入れて室温で3〜4日。

ジェイコブ・コワルスキーの
プチサイズ・ティータイム・ポンチキ

ポンチキ（単数形はポンチェック）は、丸っこいひとくちサイズのポーランドのドーナツで、油で揚げて砂糖をまぶしてあります。『ファンタスティック・ビーストと魔法使いの旅』で、ノーマジのジェイコブ・コワルスキーは、融資を受けるためにニューヨークのスティーン・ナショナル銀行を訪れ、得意げにトランクを開けて融資担当者に中身を見せます。トランクの中にはジェイコブが作った菓子パンがいくつも入っていて、おばあちゃん直伝のポンチキもありました。

ジェイコブ・コワルスキーを演じたダン・フォグラーは、この映画でパン職人を演じたのは運命だったと思ったそうです。「私の祖父もパン職人だったので、この役のことはよくわかっていた。祖父は、ニューヨークで一番のプンパーニッケルを焼くことで有名だった」

伝統的なポンチキには甘いプルーンのフィリングがたっぷり入っていますが、レモンカード、りんご、ラズベリー、カスタードなど、どんなものでも入れることができます。このポンチキには、はちみつで甘みを付けたラムレーズン・コンポートが入っています。

ラムレーズンのフィリング

レーズン　3½カップ

ダーク・スパイスラム
　475ml

はちみつ　170g

ラムレーズンのフィリングを作る

1　中くらいのボウルにレーズンとラムを合わせ、密閉容器に入れて冷蔵庫で1時間以上または一晩置く。

2　小なべにレーズンとラムとはちみつを入れて強火にかけ、沸騰させる。常に混ぜながら、ジャム状になるまで4〜5分煮る。火から下ろし、ふたをしないで、冷めるまで1時間ほど置く。

p. 16へ続く

「おすすめはポンチキ。
これはね、おばあちゃん直伝
なんです。オレンジの皮が、
もう……（ため息）」

——ジェイコブ・コワルスキー

『ファンタスティック・ビーストと
魔法使いの旅』

p. 15から続く

ポンチキ

小麦粉　375g＋
　　打ち粉用250g

グラニュー糖　50g

ドライイースト　7g

塩　小さじ1/2

成分無調整牛乳
　　175ml

ショートニング　45g

卵（SまたはSSサイズ）
　　2個（室温）

ホワイトラム　小さじ1/4

植物油　2.4L

特別な道具

料理用温度計

ポンチキを作る

1　ドウフックを取り付けたスタンドミキサーのボウルに、250gの小麦粉、グラニュー糖、イースト、塩を入れて混ぜ合わせる。

2　中くらいのなべに牛乳、ショートニング、水60mlを入れて中火にかけて混ぜ、温度計が50℃を示すまで温める。50℃になったらすぐに火から下ろす。50℃より温度が高いと、小麦粉に加えたときにイーストがうまく働かなくなる。

3　温まった牛乳を、小麦粉が入ったスタンドミキサーのボウルに加える。中速で1分間、全体をよく混ぜ合わせる。ミキサーを止めて、ボウルの内側に付いた小麦粉をこそげて生地に混ぜる。125gの小麦粉を加えて、もう1分混ぜ合わせる。卵を加えて1分混ぜ合わせる。ラムを加えて1分混ぜ合わせる。水分が多くてべたべたする生地ができあがる。

4　作業台に125gの小麦粉を振る。生地を5分こねる。生地をこねるとイーストがまんべんなく行き渡るので、この手順はとても重要。生地をこねるときは、手のひらまたは手の甲で生地を台に押し付けては折ることを繰り返す。作業スペースの端の小麦粉が、こねている生地にできるだけ混ざらないようにする。

5　油を厚手のなべに空け、油の容器に残った少量の油（小さじ約1/4）を大きめのボウルに入れる。生地を丸くまとめてボウルに入れる。

6　生地の上下を返して、上にも下にも油が付くようにする。ボウルをタオルで覆い、暖房器具やコンロのそばなど、暖かくて湿気の少ない場所に1時間置いて生地を発酵させる。窓のそばや、頻繁に開け閉めする冷蔵庫のそばは避ける。生地がふくらみにくくなるので、冷房している場所には置かないようにする。

7 生地をこねた台に、残りの125gの小麦粉を広げ、生地を成形するスペースを作る。1時間寝かせた生地を、小麦粉を振った台に取り出す。生地をこぶしで押してガス抜きする。

8 麺棒で生地を1.5cmの厚さにのばす。直径5〜7.5cmの円形のクッキー抜き型を使って、生地を円形に抜く。抜いた生地を台に置いてタオルをかぶせ、1時間ほど発酵させる。このときには少しふくらむだけで十分。

9 生地が発酵している間に、なべの油を190℃に熱する。温度は料理用温度計を使って確認する。油の温度は190℃を超えないようにすることが重要なポイント。油の温度が高すぎると、中まで火が通らないうちに表面が焦げることがある。

10 なべに生地を3〜4個入れて1〜2分、裏返してもう1〜2分、全体がきつね色になるまで揚げる。

11 すくい網で1個ずつ引き上げ、キッチンペーパーを敷いた皿にのせる。

12 ポンチキとラムレーズンのフィリングの粗熱が取れたら、ポンチキにラムレーズンのフィリングを詰めていく。絞り袋にラムレーズンのフィリングを入れる。ナイフをポンチキの上面に刺して穴を開け、1個あたり大さじ1程度のフィリングを絞って詰める。

保存は、密閉容器に入れて室温で2〜3日。

「だからパンを作りたいんだ。
パンでみんなを幸せに
したいのさ」

——ジェイコブ・コワルスキー

『ファンタスティック・ビーストと
魔法使いの旅』

ホグワーツ教授席の
りんごのロースト入りひとくちスコーン
生クリームとミント添え

ハリー・ポッター映画では、ホグワーツの大広間でごちそうが振る舞われる場面がたくさんあり、特に歓迎会ではさまざまな豪華な料理が並びました。『ハリー・ポッターと炎のゴブレット』では、三大魔法学校対抗試合にやって来たダームストラング校とボーバトン校の生徒を歓迎するパーティーが開かれますが、装置監督のステファニー・マクミランはそこに新しい試みを取り入れました。それが、デザートパーティーです。映画に登場したデザートは、撮影用の照明の熱で暑いセットの中で鮮度を保てるかどうかによって、完全に食べられる物と食べられない物がありました。

　ビクトリア女王のアフタヌーンティーになくてはならないものだったスコーンは、三大魔法学校対抗試合の歓迎会にもぴったりです（それに、照明の熱で溶けてしまうこともありません！）。通常の大きいスコーンをひとくちサイズにしたこのスコーンは、オーブンで焼いたりんごをたっぷり混ぜ込み、三角形に切ってミントを飾ったもので、歓迎会にさらなる味わいを添えることになるでしょう。

りんごのロースト

りんご（皮をむいて1.5cm角に切る）　1カップ強

ライトブラウンシュガー　55g

レモン汁　レモン1/2個分

バター　55g

スコーン生地

小麦粉　375g＋打ち粉用適量

ベーキングパウダー　小さじ3

重そう　小さじ1/2

塩　小さじ1/2

バター　225g（小さく切る）

卵　1個

プレーンヨーグルト　235ml

バニラエクストラクト　小さじ1/2

牛乳　小さじ2

ざらめ糖（スコーンに振りかける）　小さじ1

トッピング用生クリーム

生クリーム　475ml

グラニュー糖　100g

レモン汁　小さじ1/4

飾り

パイナップルミント　6～8本

✦ 魔法界の舞台裏 ✦

ステファニー・マクミランのお気に入りのお菓子は、「ブルブル・マウス」と、シルクハット形のケーキから飛び出すチョコレートのウサギです。

りんごのローストを作る

1 オーブンを200℃に予熱する。大きめのボウルに
りんごとブラウンシュガーとレモン汁を入れて混
ぜ、1時間以上置く。

2 オーブン対応のフライパンか耐熱容器にりんごと
バターを入れてオーブンに入れ、5分ごとにかき
混ぜながら、りんごがやわらかくなって端が色づ
くまで15〜20分焼く。

3 オーブンから出して調理台に置き、室温になるま
で冷ます。

スコーン生地を作る

1 大きめのボウルに小麦粉、ベーキングパウダー、
重そう、塩を入れて混ぜる。バターを入れ、そぼ
ろ状になるまで手で混ぜる。卵、ヨーグルト、バニ
ラを入れてよく混ぜ合わせる。

2 りんごのローストが冷めたら、食べるときにスコー
ンにのせる分を175ml取り分けて、残りを生地に
加える。生地を4回こねて、りんごを混ぜ込む。

3 台に大さじ2の小麦粉を広げ、生地を台に移して、
4〜5回こねる。

4 手で生地を押しながら直径23〜25cmの円形に
のばし、放射状に8つに切り分ける。切り分けた
生地を油を引いていない天板に並べ、ハケで牛乳
を塗り、ざらめ糖をかける。

5 きつね色になるまで15分ほど焼く。

トッピング用生クリームを作る

1 スタンドミキサーのボウル、またはハンドミキサー
の場合は大きめのボウルに、生クリーム、グラ
ニュー糖、レモン汁を入れ、よく混ざって飛び散ら
ない程度にとろみが付き始めるまで、3分ほど低速
で泡立てる。高速に切り替え、とろみが付いて軽く
角が立つまで12〜15分泡立てる。

2 食べるときは、温かいスコーンに生クリームとりん
ごのローストをのせ、ミントを飾る。

スコーンの保存は、密閉容器に入れて室温で3〜4日。
泡立てた生クリームの保存は、密閉容器に入れて冷蔵
庫で1〜2日。

「では宴（うたげ）を始めよう」

——アルバス・ダンブルドア

『ハリー・ポッターと
賢者の石』

夢占いドリームバー

トレローニー教授が3年生の初めての授業で教えたのは、夢で将来を予知するという夢占いです。授業の初めに、トレローニーは、「『眼力』が備わっている」と言ったとたんに、足を踏み出してテーブルにぶつかります。トレローニー役のエマ・トンプソンは、この登場の仕方について、「使い古された安直なギャグだ」と語っています。『ハリー・ポッターとアズカバンの囚人』で、トレローニーは、夢の解釈の大切さについて説明しているとき、「内なる目は、外なる世界が見えないものが見えるのです」と言いながら、再びぶつかります。トレローニーは未来を見通せると言いますが、たぶん現在のことはまったく見えていないということに、トンプソンは気付いたそうです。

ドリームバーはマジックバーとも呼ばれ、7層のクッキーのような有名なお菓子です。このドリームバーには、バタースコッチチップ、刻んだくるみ、炒ったココナッツが入っています。未来の運勢は——これを何度も作りたくなるでしょう。

バター　115g＋大さじ1
　（室温）＋型に塗る分適量

小麦粉　125g＋大さじ1

ブラウンシュガー　330g
　（分ける）

卵　2個

ベーキングパウダー
　小さじ1/2

塩　小さじ1/4

バニラエクストラクト
　小さじ1

チョコレートチップ　85g

バタースコッチチップ
　85g

ココナッツ　1 3/4カップ

刻んだくるみ　1カップ強

1　オーブンを180℃に予熱する。

2　23cm×33cmのケーキ型に大さじ1のバターを塗る。

3　土台を作る。まず、大きめのボウルに125gの小麦粉、ブラウンシュガー110g、残りのバター115gを入れて、ペイストリーブレンダーでそぼろ状になるまでよく混ぜる。土台の生地を、バターを塗ったケーキ型の底全体に押し付け、オーブンで薄く色付くまで20〜25分焼く。

4　オーブンから出して、網の上で冷ましておく。後で土台の上に混ぜた材料をのせて焼くので、オーブンは付けたままにしておく。

5　大きめのボウルに卵を入れて、泡立て器で少し混ぜる。残りの220gのブラウンシュガー、残りの大さじ1の小麦粉、ベーキングパウダー、塩、バニラ、チョコレートチップ、バタースコッチチップ、ココナッツ、くるみを入れ、よく混ぜ合わせる。

6 焼いた土台の上に混ぜた材料をのせて、どこも同じ高さになるように均一に広げる。

7 オーブンに入れ、表面と端がきつね色になって型の側面から離れてくるまで、15分ほど焼く。

8 網の上で冷ます。冷めたらナイフで2.5cm角に切り分ける。

保存は、密閉容器に入れて室温で3〜4日。

「このクラスでは、占い学の気高き術を学んでいただきます」

——シビル・トレローニー

『ハリー・ポッターとアズカバンの囚人』

ペチュニアおばさんの
ティータイム・ウィンドトルテ

バーノン・ダーズリーは、仕事人生で最大の商談を成立させようと、メイソン夫妻を夕食でもてなしますが、まさにその日に屋敷しもべ妖精のドビーが現れて、ハリーをホグワーツに戻るのを防ごうとしたのは、最悪のめぐり合わせでした。ペチュニア・ダーズリーがお客のために焼いたカラフルなケーキ（ウィンドトルテ）に気付いたドビーは、それに乗じて騒ぎを引き起こそうとします。ドビーは指をパチンと鳴らして、台所に置いてあったウィンドトルテを宙に浮かせて居間に動かし、メイソン夫人の頭の上に落としたのです。

　ダーズリー一家のお客の方に漂っていくケーキはCGですが、女優ベロニカ・クリフォード（メイソン夫人役）の頭に落ちたのは、泡立てた生クリームとスミレの花の砂糖漬けを使った本物のケーキでした。

　このウィンドトルテは、『ハリー・ポッターと秘密の部屋』のあの運命的な場面から取ったもので、映画と同じようにホールケーキですが、誰かの頭の上に落とすのではなく、ぜひ食べて楽しんでください。

メレンゲ

卵白　Mサイズ4個分

グラニュー糖　100g

クリームターター
　（酒石英）　小さじ¼

泡立てた生クリーム

生クリーム　475ml

グラニュー糖　100g

レモン汁　小さじ½

特別な道具

星口金を付けた絞り袋
　3枚

メレンゲを作る

1　オーブンを180℃に予熱する。23cm×30cmの天板3枚にクッキングシートを敷く。

2　スタンドミキサーのボウル、またはハンドミキサーの場合は大きめのボウルに、卵白、グラニュー糖、クリームターターを入れ、とろみが付いて角ができるまで泡立てる。

3　1枚の天板にメレンゲをのせ、直径23cmのケーキ型と同じくらいの大きさの円形に広げる。もう2枚の天板にも同じようにメレンゲを広げる。3個のメレンゲを、上面がきつね色になって固まるまで50分ほど焼く。オーブンから出し、天板にのせたまま、調理台の上で室温まで冷ます。

生クリームを泡立てる

スタンドミキサーのボウル、またはハンドミキサーの場合は大きめのボウルに、生クリーム、グラニュー糖、レモン汁を入れ、よく混ざって飛び散らない程度にとろみが付き始めるまで、3分ほど低速で泡立てる。高速に切り替え、とろみが付いて軽く角が立つまで12〜15分泡立てる。

p. 25へ続く

p. 23から続く

バタークリーム
フロスティング

粉砂糖　720g

バター　225g
　（やわらかくしておく）

バニラエクストラクト
　小さじ2

牛乳　60ml

トッピング

緑の食用色素（液体）
　20滴

紫の食用色素（液体）
　10滴

紫のスミレ（食用または
　造花）　15〜20個

マラスキーノ・チェリー
　30個

「それではこうするしか
ありません。ハリー・ポッター
のためなのです」

──屋敷しもべ妖精の
ドビーがハリー・ポッターに

『ハリー・ポッターと
秘密の部屋』

バタークリームフロスティングを作る

大きめのボウルに粉砂糖、バター、バニラ、牛乳を入れて、ハンドミキサーで混ぜる。とろみが付き、固すぎず絞り袋で絞れる程度になるまで、高速で10分ほどかき混ぜる。

組み立てる

1　円形のメレンゲの1枚をケーキ皿にのせる。そのメレンゲの上に、泡立てた生クリームの1/3を塗る。もう1枚のメレンゲをその上にのせ、もう1/3の生クリームを塗る。3枚目のメレンゲをその上にのせ、残りの1/3の生クリームを塗る。

2　フロスティングを、中くらいのボウル2つに半量ずつ入れる。一方のフロスティングに緑の食用色素を20滴入れ、もう一方のフロスティングに紫の食用色素を10滴入れる。色むらがなくなるまでよく混ぜ合わせる。

3　2色のフロスティングをそれぞれ絞り袋に入れる。絞り袋に入れるときには、まず口金をセットした絞り袋をカップに入れ、袋の端を外側に折り返してカップの縁にかけておくと、フロスティングを詰めやすくなる。星口金で、一番下の層の周りにフロスティングを絞り出す。真ん中の層の周りに、緑と紫のフロスティングを交互に絞り出す。一番上の層の上面の端に、紫のフロスティングを絞り出す。食用または造花の紫のスミレとマラスキーノ・チェリーを、一番上と一番下の層の周りに飾る。

保存は、密閉容器に入れて冷蔵庫で1〜2日だが、できたてをすぐに食べるのがベスト。

ハンガリー・ホーンテールの
プチケーキ

『ハリー・ポッターと炎のゴブレット』では、三大魔法学校対抗試合が開催されます。4人の代表選手たちが取り組む第1の課題は、ドラゴンが守っている金の卵を奪うことです。ハリーが対決することになったのは、炎を吐くハンガリー・ホーンテール種のドラゴンで、頭から尾までとげが生えています。

　ハリーが空中で戦ったドラゴンはCGでしたが、課題の日の前夜にハリーが遭遇するドラゴンは、アニマトロニクス（ロボット）を使うことになりました。そこで、動かせる目、まぶた、鼻の穴が付いた頭部を持つ、体長12メートルのハンガリー・ホーンテール種のドラゴンが制作されました。頭部はガラス繊維強化プラスチックで成形し、耐火性の鼻先を取り付けてあり、炎を吐くこともできました。ドラゴンの口の中には火炎放射機があり、11メートルの炎をカメラに向かって吹き出しました。

　このプチケーキは、オレンジ色のバタークリームフロスティングをかけて、ドラゴンの炎を思わせる手作りキャンディーをのせてあります。でも、炎を吐く凶暴なドラゴンとはまったく違う、甘くておいしいケーキなので、安心してください。

ケーキ

バター　225g＋大さじ2
（やわらかくしておく）

グラニュー糖　400g

卵　4個（室温）

小麦粉　375g

ベーキングパウダー
　大さじ1

牛乳　235ml（室温）

バニラエクストラクト
　小さじ2

ケーキを作る

1　オーブンを180℃に予熱する。12個取りのマフィン型の底と側面に、大さじ2のバターを塗り残しがないように塗る。

2　大きめのボウルに残りの225gのバターとグラニュー糖を入れて、ハンドミキサーの中速で、ふんわり軽くなるまで4分ほど混ぜる。

3　卵を1個ずつ加え、1個加えるたびによく混ぜる。

4　小麦粉とベーキングパウダーを別の中くらいのボウルに入れて、調理スプーンで混ぜておく。

p. 28へ続く

P. 27から続く

**バタークリーム
フロスティング**

粉砂糖　720g

バター　225g
（やわらかくしておく）

バニラエクストラクト
小さじ2

牛乳　60ml

オレンジ色の食用色素
（液体）20滴

炎形のあめ飾り

グラニュー糖　400g

ライトコーンシロップ
160ml

赤の食用色素（液体）
5滴

黄色の食用色素（液体）
5滴

オレンジ色の食用色素
（液体）5滴

特別な道具

絞り袋、中くらいの丸口金

料理用温度計

5　バターを混ぜたものに、小麦粉を混ぜたものの1/4を加えて1分ほどよく混ぜる。次に牛乳の1/4を加えて、また1分ほどよく混ぜる。これをあと3回繰り返して、小麦粉を混ぜたものと牛乳を全部よく混ぜ合わせる。バニラを加えて1分ほどよく混ぜる。

6　型に生地をそれぞれ2/3の高さまで入れる。生地を入れすぎると、焼いている間にふくらんであふれてしまうので、注意する。型をオーブンに入れて、30〜35分焼く。端が色付き始め、型から離れてきて、中央にナイフかつまようじを刺してみて生地がついてこなければできあがり。

7　オーブンから出して、1時間ほど冷ましておく。

バタークリームフロスティングを作る

大きめのボウルに粉砂糖、バター、バニラ、牛乳、食用色素を入れて、ハンドミキサーで混ぜる。とろみが付き、固すぎず絞り袋で絞れる程度になるまで、高速で10分ほどかき混ぜる。

炎形のあめ飾りを作る

1　小なべにグラニュー糖と水175mlを合わせて強火にかける。グラニュー糖が溶けるまで常にかき混ぜ、コーンシロップを入れてよく混ぜる。煮立てて150℃〜155℃になるまで7〜8分加熱する。温度は料理用温度計を使って確認する。

2　アルミ製の小なべ3つに注ぎ分けて、赤、黄色、オレンジ色の食用色素各5滴を混ぜ込んで3色にする。

3　天板2枚にクッキングシートを敷く。大きめのスプーンを3本用意する。色ごとに別のスプーンを使って液を手早くクッキングシートに垂らし、さまざまな幅や長さに広げる。炎に見えるように、切れ味のよくないナイフで線を付ける。ところどころに食用色素をさらに加えると、より立体的に見せることができる。

4 固まって、ケーキのフロスティングの上にまっすぐ立た
せられるくらいになるまで、6〜8分休ませる。

5 ケーキが室温まで冷めたら、バタークリームフロスティ
ングをかけ、炎形のあめ飾りをのせる。

保存は、密閉容器に入れて室温で2〜3日。

「ドラゴンもいなきゃ
退屈さ」

——ロン・ウィーズリー

『ハリー・ポッターと
炎のゴブレット』

✦ 魔法界の舞台裏 ✦

ハンガリー・ホーンテールの鼻
先は鋼鉄製で、炎が放射され
ると赤く光りました。これは
意図していなかったことで、う
れしい驚きでした。

アンブリッジ教授の
ロード・オブ・ワッフル

ハリーが5年生のときにホグワーツに赴任してきたドローレス・アンブリッジ教授は、歓迎会でダンブルドアの話をさえぎって、自分のスピーチを始めます。アンブリッジの言葉は冷ややかで、ホグワーツに干渉しようとする魔法省の姿勢が表れていました。ロンはそれを聞いて、「ア・ロード・オブ・ワッフル」（a load of waffle：中身なんかない）と言います。

　これはスコットランドが起源の慣用句です。「ロード」は「たくさん」、「ワッフル」はここでは「中身のない話」という意味で、多くの言葉を費やしているのに中身のない話のことを言います。アンブリッジは、このスピーチでは漠然とした話しかしていませんが、他のことについてはきっぱりとした態度を表明し、子供嫌いであること、そしてヴォルデモートが復活したというハリー・ポッターの話を信じないということを言っています。

　このプチワッフルは、メープルシロップをつけてザラメ糖をまぶしてあるので、つまんで食べることができます。ワッフルの生地には、感じの悪いアンブリッジ教授の性格にちなんで、すっぱいサワークリームを使っています。

卵（Mサイズ）　5個

グラニュー糖　100g

小麦粉　125g

塩　小さじ1

カルダモン　小さじ1/4

シナモン　小さじ1/4

ジンジャー（しょうが）
　パウダー　小さじ1/4

サワークリーム
　1 3/4 カップ

バター　55g（溶かす）＋
　ワッフルメーカー用の
　バター適量

メープルシロップ　475ml

ザラメ糖　1カップ強

特別な道具

小さいハート形の
　ワッフルメーカー

1　大きめのボウルに卵とグラニュー糖を入れ、ハンドミキサーで3分ほどよく混ぜる。

2　別の大きめのボウルに小麦粉、塩、カルダモン、シナモン、ジンジャーを入れて混ぜる。卵を混ぜたものを粉の中に入れてさっくり混ぜてから、サワークリームを加える。よく混ざったら、溶かしたバターを加える。

3　ワッフルメーカーを温め、バターを塗る。1回につき生地を1 1/2 カップ流す。ワッフルメーカーの説明書に従ってワッフルを焼く。

4　メープルシロップを大皿に注ぐ。ザラメ糖を別の大皿にのせる。焼けたワッフルの粗熱が取れたら、まだ温かいうちにワッフルの両面にシロップをつけてからザラメ糖をつける。ワッフルを皿にたっぷり盛り付ける。

保存は、密閉容器に入れて冷蔵庫で2〜3日。温め直すには、天板にワッフルを重ならないように並べて、190℃に予熱したオーブンに入れ、端がカリッとして中まで温まるまで、20〜25分温める。

✦ 魔法界の舞台裏 ✦

> アンブリッジは仕事で自分がすることはすべて正しいと思っている、とアンブリッジ役のイメルダ・スタウントンは言います。「自分の仕事に疑問を持たずに、とにかくただそれをやっていく人ほど、恐ろしいものはない」

パリのパティスリー風
ふたくちラベンダー・カヌレ

『ファンタスティック・ビーストと黒い魔法使いの誕生』で、ニュート・スキャマンダーは、パリの街で追跡呪文「アヴェンジギウム」を唱えて、謎の魔法使いユスフ・カーマを探します。そして、ジェイコブ・コワルスキーとともに、カシェ街のカフェでカーマを待ちます。

「この時代のパリは、本当にすばらしい場所だった」とエディ・レッドメイン（ニュート役）。「さまざまな人々が出会うるつぼであり、新たな道が切り開かれていた。変化の時代であり、ファッションや建築も変化していた。ものすごく華やかで生き生きした場所だった」

　このレシピのようなカヌレは、1920年代後半、パリで大人気になりました。銅は熱伝導率に優れているので、カヌレの外側をカリっとさせるには、銅製の型を使うことが重要です。型に塗るのはみつろうとバターで、これが昔ながらの方法です。こうすると外側が軽くてカリッとした食感になり、ラベンダーとラムがほんのり香るクリーミーなカスタードのしっとり感が保たれます。

牛乳　710ml

バニラビーンズ　1/2本
　（縦に切り込みを入れて、
　中の種をこそげる）、また
　はバニラエクストラクト
　小さじ1/4

バター　大さじ15（分ける）

グラニュー糖　200g

小麦粉　85g

卵（Mサイズ）　2個

卵黄　Mサイズ1個分

ラム酒　大さじ3

食用ラベンダーのつぼみ
　（生または乾燥、刻む）
　大さじ1

みつろう（細かく切る）
　80ml

1　小なべに牛乳とバニラを合わせて強火にかけ、沸騰したら火から下ろす。バターを大さじ3入れて混ぜ、冷ましておく。

2　大きめのボウルにグラニュー糖と小麦粉を入れて、泡立て器で混ぜる。

p. 35へ続く

P. 33から続く

特別な道具

カヌレ型

ハケ

> 「いや、いいんだ。
> 捜してる男はほんとに
> ここにいるの?」
>
> 「間違いない。
> 羽根がそう言ってる」
>
> ──ジェイコブ・コワルスキーと
> ニュート・スキャマンダー
>
> 『ファンタスティック・ビーストと
> 黒い魔法使いの誕生』

3 別の大きめのボウルで、卵、卵の黄身、ラム酒を泡立て器で混ぜる。粉を混ぜたボウルに卵を混ぜたものを加えて泡立て器で混ぜ、牛乳を混ぜたものを加えてさらに泡立て器で混ぜる。ラベンダーのつぼみを加え（飾り用に少し残しておく）、生地に混ぜ込む。生地を密封容器に入れて、冷蔵庫で一晩置く。

4 小なべに、みつろうを入れて弱火にかけて溶かし、残りの大さじ12のバターを入れ、かき混ぜながら温める。よく混ざったら火から下ろし、カヌレ型の内側にハケで塗る。

5 焼く1時間以上前に生地を冷蔵庫から出しておく。

6 オーブンを220℃に予熱する。

7 生地を型に流す。プチカヌレを作るため、生地は型の高さの半分まで入れる。

8 焦げ茶色になるまで1時間ほど焼く。オーブンから出し、カヌレを型から出す。網に立てて置いて冷ます。保存は、密閉容器に入れて室温で2〜3日。

マクゴナガル教授の
変身スティッキー・トフィー・プディング

マクゴナガル先生は、グリフィンドールの寮監で変身術教授であり、1年生の頭に組分け帽子をのせる担当です。また、特定の動物の姿に変身することができる動物もどきです。マクゴナガルは猫の姿に変身しますが、映画でそれを演じた猫には、元から目の周りにめがねのような形の模様がありました。

　このレシピでは、有名なイギリスのデザートであるスティッキー・トフィー・プディングにしょうがの砂糖漬け、りんご、オレンジを加えて、軽く華やかな仕上がりになっています。「スティッキー」という名のとおり、中も外もねっとりしています。中には、メジョールデーツ（なつめやしの実）にブラウンシュガーとモラセス（廃糖蜜）を混ぜてナツメグとカルダモンで風味を付けたフィリングが入っています。外には、ブラウンシュガーとスコッチウイスキーで作った甘くてどろっとしたソースをかけます。

　ひとくちサイズで、アフタヌーンティー用の3段のトレーに収まる大きさですが、トフィーソースが他のお菓子に付いてべたべたに変身してしまうので、小皿にのせて出しましょう。

ケーキ

- バター　75g＋大さじ1
  （室温）
- メジョールデーツ
  1カップ強（へたと種を
  取り除く）
- 重そう　小さじ1
- 熱湯　235ml
- りんご（さいの目切り）
  1/4 カップ
- しょうがの砂糖漬け
  1/4 カップ
- オレンジのしぼり汁
  中1/2個分
- ブラウンシュガー　220g
- バニラエクストラクト
  小さじ1/2
- 卵（Mサイズ）
  2個（室温）
- モラセス　大さじ2

ケーキを作る

1　オーブンを180℃に予熱する。12個取りのマフィン型の内側に大さじ1のバターを塗る。フードプロセッサーにデーツと重そうを入れて熱湯を注ぎ、そのまま20分ほど浸しておく。

2　大きめのボウルに、りんご、しょうが、オレンジのしぼり汁、残りの75gのバター、ブラウンシュガー、バニラ、卵、モラセスを入れて、よく混ぜ合わせる。

3　別の大きめのボウルに小麦粉、ベーキングパウダー、塩、ナツメグ、カルダモンを合わせ、りんごを混ぜたボウルに加えて混ぜる。

4　デーツ、湯、重そうをパルス操作で混ぜて、なめらかなピューレ状にし、生地に入れてさっくり混ぜる。

p. 38へ続く

P. 37から続く

小麦粉　210g

ベーキングパウダー
　　小さじ1½

塩　小さじ¼

おろしたてのナツメグ
　　小さじ¼

カルダモン　小さじ¼

魔女の帽子の形の食べら
れるカップケーキ用飾
り、または円すい形の
アイスクリームコーンの
とがった部分　12個

ブラックココアパウダー
（あれば）　大さじ1

**スコッチウイスキー入り
トフィーソース**

生クリーム　120ml

バター　115g

ライトブラウンシュガー
　　220g

スコッチウイスキー
　　大さじ1

バニラエクストラクト
　　小さじ1

ヒマラヤピンク岩塩
　　1つまみ

トッピング用生クリーム

生クリーム　475ml

グラニュー糖　100g

レモン汁　小さじ½

5　準備した型に生地をそれぞれ¾の高さまで入れ、20分ほど焼く。中央につまようじを刺してみて、生地がついてこなければできあがり。

スコッチウイスキー入りトフィーソースを作る

1　なべに生クリーム、バター、ライトブラウンシュガー、スコッチウイスキー、バニラ、塩を合わせて強火にかける。よくかき混ぜて、ライトブラウンシュガーを溶かす。常にかき混ぜながら沸騰させ、1分煮る。

2　火を弱めの中火にして、ソースがなめらかになって少しとろみが出てくるまで3〜5分加熱する。

トッピング用の生クリームを泡立てる

スタンドミキサーのボウル、またはハンドミキサーの場合は大きめのボウルに、生クリーム、グラニュー糖、レモン汁を入れ、とろみが付くまで12〜15分泡立てる。とろみが付き始めるまでの最初の2〜3分は、低速で泡立てる。

組み立てる

ケーキをデザート用の皿に逆さまにのせる。乾いたハケでブラックココアパウダーをアイスクリームコーンにまぶし、アイスクリームコーンを帽子のようにケーキにのせる。または、魔女の帽子の形の食べられるカップケーキ用飾りをのせる。ソースを全体にかけ、泡立てた生クリームをのせる。

ソースとケーキの保存は、別々に密閉容器に入れて冷蔵庫で4〜5日。

「変身、お見事でした！」

──マクゴナガル教授が
猫に変身するのを見たロン・ウィーズリー

『ハリー・ポッターと賢者の石』

モリー・ウィーズリーの ルバーブとカスタードの ティータイム・トライフル

モリー・ウィーズリーは、朝食の卵料理から、クリスマスに作る手の込んだ七面鳥の夕食まで、家族のためにたっぷりの食事を作ります。よく見ると、隠れ穴には、『1分間でご馳走を──まさに魔法だ！』、『お菓子をつくる楽しい呪文』、『自家製魔法チーズのつくり方』など、料理の本がたくさん置いてあることがわかります。これらは、グラフィックス部が制作したものです。

　このクリーミーなトライフルは、イングランドで「ルバーブフール」という愛称で呼ばれるデザートと似ています。ルバーブソースとカスタード状のクリームが層になっているおいしいトライフルは、イギリスで広く愛されています。トライフルはティータイムの定番で、盛り付けが美しく、ティータイムのポイントである変化に富んだおもてなしをすることができます。

　ルバーブのロースト、生クリーム、ショートブレッドクラムのきれいな層が見えるように、細長く透明なシャンパングラスかワイングラスに盛り付けましょう。量を少なくして、透明なショットグラスやタンブラに盛り付けることもできます。

ルバーブのロースト

ルバーブ（固いところを取り除き、1.3cm幅に切る）　3$\frac{1}{2}$カップ

ブラウンシュガー　55g

小麦粉　大さじ1

メモ ✦ ルバーブの旬が過ぎている場合は、代わりに桃のプレザーブまたはマーマレード2$\frac{1}{3}$カップを室温に戻して使います。

ルバーブのローストを作る

1　オーブンを180℃に予熱する。天板にクッキングシートを敷く。

2　鋳鉄製のスキレットにルバーブ、ブラウンシュガー、小麦粉を入れて混ぜ、ルバーブにブラウンシュガーと小麦粉をまんべんなくまぶす。スキレットをオーブンに入れ、ルバーブがやわらかくなってジャムのように塗りやすくなるまで、15〜20分焼く。オーブンから出して調理台に置き、トライフルを組み立てるときまで冷ましておく。

p. 40へ続く

P.39から続く

ショートブレッド
ビスケット

バター　455g
（やわらかくしておく）

グラニュー糖　200g

バニラエクストラクト
小さじ4

小麦粉　500g

塩　小さじ1

ペカンナッツ粉末（あれば）
2 1/3 カップ

泡立てた生クリームの層

生クリーム　475ml

グラニュー糖　100g

レモン汁　小さじ1/2

バニラプディングの層

コーンスターチ　大さじ3

成分無調整牛乳
710ml（分ける）

ヒマラヤピンク岩塩
小さじ1/4

砂糖　200g

卵黄　3個

バター　大さじ1
（やわらかくしておく）

バニラビーンズ　1本、
またはバニラエクスト
ラクト　小さじ1/4

飾り

ミントの葉（千切り）
大さじ1

マジョラムの葉の
粗みじん切り　大さじ1

ショートブレッドビスケットを作る

1 大きめのボウルにバター、グラニュー糖、水大さじ2、バニ
ラを入れ、ハンドミキサーの中速と高速の間のスピードで、
小麦粉と塩を少しずつ加えながら混ぜ、ふんわり軽いク
リーム状にする。ペカンナッツ（あれば）を加え、よく混ぜる。

2 小さめのアイスクリームスクープに生地を入れ、両手で生
地を直径2.5cmのだんご状に丸める。準備した天板に、丸
めた生地を5cm間隔で並べる。生地を手のひらで押して、
厚さ1.5cmにする。

3 オーブンに入れ、端が軽く色付くまで20〜25分焼く。オー
ブンから出して冷ましておく。

泡立てた生クリームの層を作る

スタンドミキサーのボウル、またはハンドミキサーの場合は
大きめのボウルに、生クリーム、グラニュー糖、レモン汁を
入れ、よく混ざって飛び散らない程度にとろみが付き始め
るまで、3分ほど低速で泡立てる。高速に切り替え、とろみ
が付いて軽く角が立つまで12〜15分泡立てる。

バニラプディングの層を作る

1 大きめのボウルにコーンスターチと牛乳60mlを入れ、泡立
て器で混ぜる。

2 中くらいのなべに残りの牛乳650ml、塩、砂糖を入れて、中
火にかけて泡立て器で混ぜる。ときどきかき混ぜながら、
湯気が立ってくるまで加熱する。

3 中くらいのボウルに卵黄を入れて泡立て器でかき混ぜる。
卵黄のボウルに、加熱した牛乳のうち120mlを入れ、かき
混ぜ続ける。卵黄を混ぜた牛乳とコーンスターチを混ぜた
牛乳をなべに少しずつ入れ、泡立て器で常にかき混ぜなが
ら、とろみが付くまで弱火で温める。

4 ナイフでバニラビーンズのさやを切り開き、中の種をこそげ
る。さやは捨てる。さやから取り出したバニラは、中くらい
の大きさの皿にのせておく。

5 プディングを火から下ろし、バターとさやからこそげたバニラを入れて混ぜる。

トライフルを組み立てる

手でショートブレッドビスケットを2枚ずつ粗く砕く。透明なワイングラス6本に、砕いたビスケットを120mlずつ入れる。ビスケットの上にプディングを120mlずつのせる。プディングの上にルバーブのローストを120mlずつのせ、その上に泡立てた生クリームを120mlずつのせる。ビスケットを細かくしたものと、ミントとマジョラムの葉を散らす。

プディング、ルバーブのロースト、泡立てた生クリームの保存は、別々に密閉容器に入れて冷蔵庫で1〜2日。ビスケットの保存は、密閉容器に入れて室温で4〜5日。

「ハリー、おなかすいた?」

──モリー・ウィーズリー

『ハリー・ポッターと
不死鳥の騎士団』

✦ マグルの魔法 ✦

トライフルに似たデザートであるフールという言葉には、「馬鹿者」という意味もありますが、これは、「トライフル」という言葉に「取るに足りない、くだらない」という意味があることから来る言葉遊びです。

スラグホーン教授の
ひとくちハイティー・プロフィテロール

『ハリー・ポッターと謎のプリンス』で、魔法薬学のホラス・スラグホーン教授は、新たに復活した「スラグ・クラブ」の会員生徒を招いて夕食会を開きます。選ばれた生徒たちに出されたデザートは、たっぷり盛り付けられたおいしそうなプロフィテロールでした。

　この夕食会で、コーマック・マクラーゲンは、デザート皿に指を突っ込み、指に付いたソースをなめ取ってハーマイオニー・グレンジャーの注意を引こうとしますが、それを見たハーマイオニーは不快感をあらわにします。これは台本にはなく、コーマック役のフレディー・ストローマがデイビッド・イェーツ監督の提案を受けて即興で演じたものです。

　塔のように積み上げて盛り付けることが多いプロフィテロールですが、基本のシュー生地を使ったこのティータイム版プロフィテロールは、プチシュークリームにほのかなレモン風味の生クリームを詰め、ミントチョコレートソースをかけ、チョコレートミントの葉を飾ったものです。このプロフィテロールなら、コーマックのように指をなめなくてもお客さまを引き付けることができます。

シュー皮

バター　55g（室温）

小麦粉　65g

卵　2個（室温）

クリームフィリング

生クリーム　475ml

グラニュー糖　100g

レモン汁　小さじ1/2

ミントチョコレートソース

ミントミルクチョコレート
　115g

バター　55g

チョコレートミントの葉
　（千切り）　大さじ1

シュー皮を作る

1　オーブンを200℃に予熱する。天板にクッキングシートを敷く。

2　大なべに水60mlとバターを入れ、強火にかける。沸騰し始めたら小麦粉を一度に加えてかき混ぜ続け、生地がひとまとまりになったら火から下ろす。卵を1個ずつ入れて、そのつどハンドミキサーでなめらかになるまで混ぜる。

3　直径2.5cmのアイスクリームスクープで生地を丸く形作り、準備した天板に6cm間隔で並べる。

4　端がきつね色になるまで35〜40分焼く。オーブンから出し、冷めるまで30分ほど置く。波刃の包丁で横半分に切る。

クリームフィリングを作る

スタンドミキサーのボウル、またはハンドミキサーの場合は大きめのボウルに、生クリーム、グラニュー糖、レモン汁を入れ、よく混ざって飛び散らない程度にとろみが付き始めるまで、3分ほど中速で泡立てる。高速に切り替え、とろみが付いて軽く角が立つまで12〜15分泡立てる。

ミントチョコレートソースを作る

1 チョコレートとバターを中火の湯せんか電子レンジで溶かす。電子レンジの場合は、電子レンジ対応のボウルに入れて30秒加熱してかき混ぜ、さらに30秒加熱する。

2 シュー皮の上半分と下半分の間にクリームフィリングをはさむ。ミントチョコレートソースを1個につき大さじ1ずつ垂らし、ミントの葉を飾る。

シュー皮とチョコレートソースの保存は、別々の密閉容器に入れて室温で1〜2日。クリームフィリングの保存は、密閉容器に入れて冷蔵庫で1〜2日。

✦ 魔法界の舞台裏 ✦

映画に登場した食べ物はほとんどが偽物か、偽物と本物を組み合わせたものでしたが、プロフィテロールは生徒が実際に食べるため、本物が使われました。

「デザートには間に合った。
ベルビィが食べ尽くしそうだが」

——ホラス・スラグホーン
『ハリー・ポッターと謎のプリンス』

コワルスキーのパン屋の
びっくりオカミー卵

『ファンタスティック・ビーストと魔法使いの旅』で、ジェイコブ・コワルスキーは事業融資を断られますが、魔法動物学者ニュート・スキャマンダーと友達になり、パン屋を開業するための担保用にと、トランクいっぱいのオカミーの卵の殻をニュートからプレゼントされました。オカミーの卵の殻は純銀でできていて、非常に高い値打ちがあります。

　映画に登場したオカミーの卵にアイデアを得たこのティータイム用のお菓子は、お菓子の中にお菓子が入っているものです。ホワイトチョコレートでできたオカミーの卵の中に、別のお菓子がサプライズで入っていて、例えば、マクゴナガル教授の変身スティッキー・トフィー・プディングや、ふたくちラベンダー・カヌレを入れることができます。映画に出てきたオカミーの卵に似せるため、外側はケーキのデコレーションに使う食用の銀粉で覆います。卵を割って開けられるように小さな木製のハンマーなどの道具を用意しておき、中に隠れているお菓子をお客さまに見付けてもらいましょう。

ホワイトチョコレート
　　チップ　625g

バター　大さじ2

食用銀粉　大さじ1

中に入れるお菓子

以下の中から好きなものを
組み合わせる

ハグリッドのパンプキン・
　ティータイム・マドレーヌ
　(p. 12)

サーカス動物のひとくち
　ティービスケット
　(p. 52)

ダンブルドア好みのニワトコ
　の実のグミキャンディー
　(p. 142)

魔法解除ティー
　キャンディー (p. 132)

1　ホワイトチョコレートチップとバターを電子レンジ対応の大きめのボウルに入れて電子レンジにかけるか、中火で湯せんにかけて、チップが溶けたらすぐ加熱をやめる。スプーンでバターとホワイトチョコレートをよく混ぜる。電子レンジでチョコレートを溶かす場合は、設定を中にして1分加熱してからかき混ぜ、もう1分加熱する。

2　エッグ型の両半分の内側に銀粉をハケで塗る。溶かしたチョコレートを型に流し、型を回してまんべんなくチョコレートを付ける。チョコレートが型の側面から型の一番上まで全体的に付くようにする。これを何度も繰り返して、型の内側が約6mm厚さのチョコレートで覆われるようにする。きれいなバターナイフで、型の縁のチョコレートを平らに整える。

3　冷蔵庫に入れ、型を外してもチョコレートが形を保てるくらいの固さになるまで、10〜15分冷やす。

p. 47へ続く

P. 45から続く

特別な道具

シリコーン製のエッグ型（大）

チョコレートを割るための
木製のハンマー4本

「コワルスキー殿
君の才能は缶詰工場では
生かせない。オカミーの
卵の殻を担保に、
パン屋を開いてください。
匿名の支援者より」

——ニュート・スキャマンダーが
ジェイコブ・コワルスキーに
宛てて書いたメモ

『ファンタスティック・ビーストと
魔法使いの旅』

✦ 魔法界の舞台裏 ✦

オカミーは「choranaptyxic（伸縮自在）」で、その場所に合わせて大きくなったり縮んだりします。この言葉は、脚本を書いたJ.K.ローリングの造語です。

4 型を冷蔵庫から出し、型を引っ張ってチョコレートから外す。湯を含ませたハケでエッグチョコレートの両半分の縁をなぞって少しやわらかくし、後で1つに合わせたときにくっつくようにしておく。好みで両半分にもう一度銀粉をかける。

5 エッグチョコレートの半分にお菓子を入れる（p. 45の材料リストに挙げた例を参照）。エッグチョコレートの両半分の縁を合わせて、くっつくまで3分ほど軽く押し付ける。エッグチョコレートを冷蔵庫に戻し、固くなってしっかり付くまで3分ほど冷やす。

6 冷蔵庫から出し、5分ほど置いて室温に戻す。

7 食用の銀粉を皿または浅いボウルに出す。エッグチョコレートを銀粉の上で転がして、銀粉をくまなく付ける。銀粉が十分に付かない場合は、エッグチョコレートを皿にのせて出すときに銀粉を振りかける。エッグチョコレートを開けるためのハンマーとともに出す。

エッグチョコレートの保存は、密閉容器に入れて室温で2〜3週間。

ハニーデュークスの
ティータイム・レモンドロップメレンゲ

『ハリー・ポッターとアズカバンの囚人』に登場するハニーデュークスのセットには、チョコボールや爆発ボンボンの瓶がいくつも置いてあり、杖型甘草あめ、トフィー、ナメクジゼリー（「くねくねしておいしい」）もあります。バーティー・ボッツの百味ビーンズが入った背の高いガラス製のディスペンサーがミントグリーン色の壁に沿って立ち、骸骨チョコレートもずらっと並んでいます。

　ハニーデュークスの商品で特に人気なのは、伝統的なイギリスのあめ、レモン・キャンディーです。「レモン・キャンディー」は、校長室に入るための合言葉としてアルバス・ダンブルドアが使っていました。『ハリー・ポッターと秘密の部屋』で、マクゴナガル教授はこの合言葉を唱えます。

　ハニーデュークスのレモン・キャンディーからアイデアを得たこのメレンゲは、レモンメレンゲパイを分解してクラストを除いたプチサイズのスイーツです。メレンゲの中央には鮮やかな色のレモン風味の手作りパイフィリングが入っていて、ハニーデュークスのレモン・キャンディーと同じくらい酸味がさわやかでレモンの香りいっぱいです。

メレンゲ

卵白　Mサイズ4個分

グラニュー糖　50g

クリームターター
（酒石英）　小さじ1/4

「レモン・キャンディー」

――ミネルバ・マクゴナガルが
唱えたホグワーツの
校長室の合言葉

『ハリー・ポッターと
秘密の部屋』

メレンゲを作る

1　オーブンを180℃に予熱する。天板にクッキングシートを敷く。

2　スタンドミキサーのボウル、またはハンドミキサーの場合は大きめのボウルに、卵白、グラニュー糖、クリームターターを入れ、とろみが付いて角ができるまで、高速で12〜15分泡立てる。

3　大きいアイスクリームスクープで直径2.5cmのメレンゲを丸くすくい取り、準備した天板に約4cm間隔で並べる。スプーンで平らにして厚さ1.5cmにし、後でレモンパイフィリングをのせられるように中央にくぼみを付ける。オーブンに入れ、少し固まって、レモンパイフィリングをのせてもつぶれない程度まで50分ほど焼く。

p. 50へ続く

P. 49から続く

レモンパイフィリング

グラニュー糖　200g

コーンスターチ　大さじ3

小麦粉　大さじ3

ヒマラヤピンク岩塩
　　小さじ1/4

卵黄　Mサイズ3個分
　（溶いて室温に戻しておく）

レモン汁、レモンの皮の
　すりおろし　各3個分

バター　大さじ1

泡立てた生クリーム

生クリーム　475ml

グラニュー糖　100g

レモン汁　小さじ1/2

レモンパイフィリングを作る

なべにグラニュー糖と水295mlを合わせて強火にかける。常にかき混ぜながら、少し泡が立ち、とろみが出るまで加熱する。卵黄を加えて煮立てる。2分かき混ぜ続ける。弱火にし、レモン汁、レモンの皮のすりおろし、バターを加える。ダマがなくなるまでよく混ぜる。

生クリームを泡立てる

1　スタンドミキサーのボウル、またはハンドミキサーの場合は大きめのボウルに、生クリーム、グラニュー糖、レモン汁を入れ、とろみが付くまで12〜15分泡立てる。とろみが付き始めるまでの最初の2〜3分は低速で泡立て、残りの10〜13分は高速に切り替える。

2　組み立てるには、焼いたメレンゲを盛り付け用の皿に並べる。メレンゲの中央に、スプーンでレモンフィリングを大さじ2ずつ丸くのせる。円を描くようにスプーンを動かしてフィリングを広げ、卵黄のような完全な円になるようにする。泡立てた生クリームを、レモンフィリングが隠れないようにメレンゲの上面の左の方に少量ずつのせる。

保存は、密閉容器に入れて冷蔵庫で1〜2日。

✦ 魔法界の舞台裏 ✦

ハニーデュークスのセットで撮影するとき、出演者たちは、「お菓子にはすべてラッカーを塗ってある」と言われていましたが、実は、お菓子が食べられてしまわないようにするためのうそでした。

サーカス動物の
ひとくちティービスケット

サーカスの動物をかたどったクッキーは、20世紀初めからありました。この一風変わったティービスケットは、『ファンタスティック・ビーストと黒い魔法使いの誕生』でティナ・ゴールドスタインがクリーデンス・ベアボーンを見付けた摩訶不思議サーカスにアイデアを得ています。伝統的なマグルのサーカスの動物の形に抜いて、典型的なサーカス動物クッキーの色である白と鮮やかなピンクのアイシングでデコレーションし、スプリンクルをかけて色のアクセントを付け、奇抜さと懐かしさも出しました。

　摩訶不思議サーカスには、風変わりな動物がいるだけでなく、変わった露店もあります。綿菓子を売る屋台には、お客があごをのせる台があり、綿菓子屋が魔法でひげを作ってあげています（フランス語で綿菓子を意味する言葉「barbe à papa」を直訳すると「お父さんのひげ」という意味になることに引っ掛けたものです）。また、綿菓子の形の風船もあります。普通と違って魔法界では重力が問題にならないので、綿菓子が宙に浮くのです。

ビスケット

小麦粉　500g＋
　打ち粉用適量

重そう　小さじ1

ベーキングパウダー
　小さじ1

植物性ショートニング
　190g

グラニュー糖　300g

塩　小さじ1½

サワークリーム　240g

卵　2個（室温）

バニラエクストラクト
　小さじ1

メモ ✦ サーカスというテーマに合わせて、動物の形の抜き型を使ったり、紫や緑などの変わった色のアイシングでクッキーを彩ったりしてみましょう。

ビスケットを作る

1　オーブンを180℃に予熱する。天板にクッキングシートを敷く。

2　大きめのボウルに小麦粉、重そう、ベーキングパウダー、ショートニング、グラニュー糖、塩、サワークリーム、卵、バニラを入れてよく混ぜる。生地を冷蔵庫で30分ほど冷やす。

3　打ち粉をした作業台に生地を出して、麺棒で延ばす。

4　サーカス動物の形の小型のクッキー抜き型で生地を抜く。

5　準備した天板に、抜いた生地を約4cm間隔で並べる。端がきつね色になるまで10分ほど焼く。

p.55へ続く

P. 53から続く

アイシング

粉砂糖　120g

牛乳　大さじ2

赤の食用色素（液体）
　4滴

いろいろな色のスプリンクル
　1/2カップ強

特別な道具

サーカス動物の形の
　小型のクッキー抜き型

アイシングを作る

1　大きめのボウルに粉砂糖と牛乳を入れ、なめらかになるまでよく混ぜる。

2　2等分にし、半分を別のボウルに入れて、一方に赤の食用色素を4滴入れる。

3　ビスケットを1枚ずつアイシングに入れてアイシングを付ける。全部のビスケットのうち半分はピンクのアイシング、もう半分は白いアイシングを付ける。アイシングが乾き始めないうちに、手早くスプリンクルを振りかける。

保存は、密閉容器に入れて室温で2〜3週間。

"CIRQUE ARCANUS: LE PLUS GRAND DES
CIRQUES L'ÉVÉNEMENT DU SIÈCLE"

（摩訶不思議サーカス：
世紀の大サーカスイベント）

──摩訶不思議サーカスの宣伝ポスター
『ファンタスティック・ビーストと
黒い魔法使いの誕生』

「あなたはシュトルーデルね。
じゃ、シュトルーデル」

――開心術士のクイニー・
ゴールドスタインがジェイコブ・
コワルスキーの心を読んで

『ファンタスティック・ビーストと
　魔法使いの旅』

クイニーのプチ・ブランデー・アップル・シュトルーデルとアップル・ミントソース

『ファンタスティック・ビーストと魔法使いの旅』で、クイニー・ゴールドスタインは、ゴールドスタイン姉妹のアパートに来たニュート・スキャマンダーとジェイコブ・コワルスキーのために、魔法を使っておいしいアップルシュトルーデルを作ります。クイニーが杖を優雅に振ると、りんごが薄切りになり、レーズンやスパイスと合わさって、薄くのばした数層の生地に包まれます。そして、生地でできたバラや葉がチョウのようにシュトルーデルに舞い降り、粉砂糖がたっぷり振りかかりました。

　オーストリアの国民的料理であるシュトルーデルには「渦巻く」という意味があり、生地とフィリングが渦を巻いていることから来ています。

　このティータイム用シュトルーデルは、ブランデーを加えて煮詰めたシナモン風味のりんごを詰めて、ブランデーバターソースをかけた、プチサイズのパイです。クイニーが作ったシュトルーデルと同じように、小さな三つ編みも付いています。

シュトルーデル

冷凍パイシート　455g

りんご　大4個
　（皮をむいて2.5cm角に切る）

レーズン　1/2カップ強

ブランデー　235ml

ブラウンシュガー　大さじ2

グラニュー糖　大さじ1

シナモン　小さじ1/4

刻んだくるみ　1/2カップ強

バター　小さじ2

卵白　1個分

シュトルーデルを作る

1　パイシートを冷凍庫から出して自然解凍する。23cm×30cmの天板にクッキングシートを敷く。オーブンを190℃に予熱する。

2　大きめのボウルで、りんごとレーズンをブランデーに1〜2時間漬ける。

3　別の大きめのボウルの上でりんごとレーズンをこし、ブランデーはソース作りのために取っておく。

4　中くらいのなべにりんごとレーズン、ブラウンシュガー、グラニュー糖、シナモンを入れて中火にかけ、とろみが付くまで8〜10分加熱する。くるみを加えて混ぜ、冷ましておく。

5　パイシートを10cm×5cmの長方形8枚と、10cm長さの細長い形24本に切る。シュトルーデルに1本ずつ付ける三つ編みを8本作る。三つ編みを作るには、細長い生地3本を隣り合わせに並べ、左の生地を真ん中の生地の上に交差させてから右の生地を真ん中の生地の上に交差させ、これを繰り返して最後まで編む。

p. 59へ続く

P. 57から続く

シナモンシュガー
トッピング

シナモン　大さじ4

砂糖　50g

ブランデーバターソース

ブラウンシュガー　大さじ1

バター　小さじ1

飾り

アップルミントの葉（刻む）
　　1カップ強

メモ ✦ グルテンフリーにする
には、きれいなガラスの器にア
イスクリーム1/2カップ強を盛
り、その上にりんごのフィリン
グとソースをかけ、アップルミ
ントの葉を飾ります。

✦ 魔法界の舞台裏 ✦

クイニーのシュトルーデルは、焼
けていく様子を表現するために、
コンピューターで質感と陰影が
付けられました。また、焼き菓子
は焼くと縮むものなので、アニ
メーターが少し縮ませました。

6　りんごのフィリングが冷めたら、長方形の生地の片側に
フィリングを大さじ3ずつのせる。端は1.5cm空けておく。
りんごのフィリングの上にバターを小さじ1/4ずつのせ
る。フィリングをのせていない方の生地を持ち上げて、フィ
リングにかぶせるように生地を半分に折る。フォークの先
で、生地を合わせた3辺の端を押さえる。

7　三つ編みにした生地をシュトルーデルの縦に沿ってのせ、
三つ編みの上の端をシュトルーデルの上の辺に押し付け
て、三つ編みをくっつける。三つ編みは、下の辺から
1.5cmほどはみ出す。

8　卵白を溶いて、ハケでシュトルーデル全体に塗る。

9　シュトルーデルの上面にナイフで空気穴を開ける。

シナモンシュガートッピングを作る

1　小さめのボウルにシナモンと砂糖を入れて混ぜる。

2　シナモンシュガーをシュトルーデルに軽く振りかける。

3　準備した天板にシュトルーデルを並べる。

4　きつね色でサクサクになるまで35～40分焼く。オーブ
ンから出して冷ます。

ブランデーバターソースを作る

1　りんごとレーズンを漬けた後に残ったブランデー、ブラウ
ンシュガー、バターを小なべに入れて、強めの中火にかけ
る。常にかき混ぜながら沸騰させ、弱めの中火にして、と
ろみが付くまで20分ほど煮る。火から下ろす。

2　スプーンでブランデーバターソース少々をシュトルーデル
にかけ、アップルミントを飾る。

ソースの保存は、密封容器に入れて冷蔵庫で5～6日。シュト
ルーデルの保存は、密封容器に入れて冷蔵庫で3～4日。

スプラウト教授の
ひとくち温室ミステリーケーキ

『ハリー・ポッターと秘密の部屋』の薬草学の授業のためにスプラウト教授が育てている植物の中には、昼食や夕食で食べる定番のもの、例えばトマト（じつは果物！）などもあったでしょう。ありがたいことに、トマトは、叫ぶマンドレイクやかみつく毒触手草よりはるかに扱いやすい植物です。2年生が授業を受ける3号温室のデザインは、キュー王立植物園の温室に基づいています。この植物園が建てられたのはビクトリア時代で、アフタヌーンティーが定期的に開かれるようになった時期のほんの10年ほど後のことです。

　このプチケーキは、体が温まるナツメグ、シナモン、クローブがきいた1930年代のトマトスープケーキをアレンジしたものです。トマトスープケーキは、舌が特に肥えた人でないとケーキにトマトスープ缶が使われていることがわからないため、「ミステリーケーキ」と呼ばれることもありました。このケーキはひとくちサイズで、バニラフロスティングをのせた上に甘いトマトジャムをのせています。

トマトスープケーキ

バター
　（マフィン型に塗る）
　大さじ1

ショートニング
　大さじ3

グラニュー糖　200g

卵　2個

トマトスープ 305g缶
　1個

小麦粉　250g

重そう　小さじ1⅛

ナツメグ　小さじ1

クローブ　小さじ1

シナモン　小さじ1

刻んだくるみ
　1カップ強

レーズンまたは刻んだ
　デーツ　1カップ強

フロスティング

粉砂糖　720g

バター　340g
　（やわらかくしておく）

バニラエクストラクト
　小さじ3

成分無調整牛乳
　大さじ5

トマトジャム

ミニトマト
　（いろいろな色）　24個

グラニュー糖　400g

はちみつ　大さじ2

バニラエクストラクト
　大さじ1

「3号温室は初めてですね、
　2年生の皆さん。
　さあ、もっと寄って」

──ポモーナ・スプラウト

『ハリー・ポッターと
秘密の部屋』

✦ マグルの魔法 ✦

お客さまに謎の材料を当ててもらうゲームを楽しんでみてください。

トマトスープケーキを作る

1 オーブンを180℃に予熱する。12個取りのマフィン型の内側にバターを塗る。

2 大きめのボウルにショートニングとグラニュー糖を入れ、ハンドミキサーの高速で混ぜてクリーム状にする。卵を加えてよく混ぜる。トマトスープを加えてよく混ぜる。別の大きめのボウルに、小麦粉、重そう、ナツメグ、クローブ、シナモンを入れ、大きい調理スプーンで混ぜる。くるみとレーズンを加える。小麦粉を混ぜたものを卵を混ぜたものに加え、同じ調理スプーンでよく混ぜる。準備したマフィン型に生地を入れる。

3 型をオーブンに入れて35〜40分焼く。中央につまようじを刺してみて、生地がついてこなければできあがり。

フロスティングを作る

スタンドミキサーのボウル、またはハンドミキサーの場合は大きめのボウルに、粉砂糖、バター、バニラ、牛乳を入れ、塗りにくくならない程度にとろみが付くまで、高速で10分ほどよく混ぜる。

トマトジャムを作る

1 小なべにトマト、水475ml、グラニュー糖、はちみつ、バニラを入れて強火にかけ、沸騰させる。強めの中火にして、ときどきかき混ぜながら、とろみが付くまで20〜30分加熱する。

2 ケーキが冷めたら、それぞれにフロスティングをのせる。食べるときに、それぞれにトマトジャム少量をのせる。

ケーキの保存は、密閉容器に入れて室温で3〜4日。トマトジャムの保存は、密閉容器に入れて冷蔵庫で4〜5日。

カシェ街のオレンジ風味
ティータイムシュー

カシェ街 (Place Cachée) は「隠れた場所」という意味で、パリにあるダイアゴン横丁のような場所ですが、ダイアゴン横丁とは違って1カ所にマグル用の商店街と魔法使い用の商店街の2つがあります。魔法使い用の商店街に入る方法は9と3/4番線に入るときと似ていて、ローブをまとった女性のブロンズ像を通ります。ダイアゴン横丁には鍋屋がありますが、フランスのカシェ街にも同じような店があり、銅製のゼリー型を売っています。また、薬局や杖の店、もちろんパティスリー(洋菓子店) の「コンフィズリー・アンシャンテ」もあります。

　オレンジとアーモンド風味のこのプチシューは、パリのどのカフェでも絶賛されるでしょう。粉砂糖のフロスティングを塗ってアーモンドスライスをのせたら、手に取って、ひとくちかふたくちで食べられます。

土台のクラストの層

小麦粉　125g

バター　115g

上の層

バター　115g

オレンジエクストラクト
　小さじ1

小麦粉　125g

卵　3個

フロスティング

粉砂糖　720g

バター　340g
　(やわらかくしておく)

成分無調整牛乳
　大さじ5

トッピング

アーモンドスライス
　1/2カップ強

オレンジの皮のすりおろし
　小さじ1/2

土台のクラストの層を作る

　オーブンを190℃に予熱する。23cm×30cmの天板2枚にクッキングシートを敷く。フォークまたはペイストリーブレンダーで小麦粉とバターを混ぜる。水大さじ2を加えて全体に行き渡らせ、生地がまとまるまで混ぜる。生地を半分に分けてのばし、全体の厚さが約6mmの長い楕円形を2枚作る。2枚の生地をそれぞれ別の天板にのせる。

上の層を作る

1　なべに水235mlとバターを入れ、強火にかけて沸騰させる。オレンジエクストラクトを加え、なべを火から下ろして小麦粉を加える。かき混ぜて、生地がなべの縁からはがれるようになったら、卵を1個ずつ入れて、そのつどかき混ぜ、3個の卵全部をよく混ぜ込む。

2　これを半分に分けて、天板にのせた土台のクラストの層の上にまんべんなく広げる。

3　端がきつね色になるまで1時間ほど焼く。オーブンから出して冷ましておく。

フロスティングを作る

1　スタンドミキサーのボウル、またはハンドミキサーの場合は大きめのボウルに、粉砂糖、バター、牛乳を入れ、塗りにくくならない程度にとろみが付くまで、10分ほどよく混ぜる。最初の1分は低速で材料を混ぜ合わせ、その後、高速に切り替える。

2　焼いた生地が室温まで冷めたら、フロスティングを上にまんべんなく塗る。フロスティングが乾かないうちに、スライスアーモンドを均等にのせ、オレンジの皮のすりおろしものせる。2.5〜5cm角のひとくち大に切る。

保存は、密閉容器に入れて室温で2〜3日。

✦ 魔法界の舞台裏 ✦

『ファンタスティック・ビーストと黒い魔法使いの誕生』で、カシェ街の店の中に誰かが入るシーンはありませんが、中には商品がぎっしり置かれています。

ホグワーツ寮の
4層虹色プチフール

ホグワーツ魔法魔術学校で生徒たちが組分けされる4つの寮を表現した、色とりどりのプチフールです。4つの層はそれぞれ異なるお茶の風味にあふれ、寮の色になっています。

　グリフィンドールを表す層の赤は、ラズベリーティーまたはストロベリーティーで付けています。スリザリンの層は緑で、モロッコ風ミントティーの風味です。レイブンクローの青はバタフライピー・ティーとブルースピルリナ粉末、ハッフルパフの黄色はレモンライムティーから来ています。できあがったプチフールには、とても軽い粉砂糖のアイシングをかけ、食用の金粉と小さな星を散らします。

ケーキ

バター　225g＋大さじ2
（やわらかくしておく）

砂糖　400g

卵　4個（室温）

小麦粉　375g

ベーキングパウダー
　大さじ1

牛乳　235ml（室温）

バニラエクストラクト
　小さじ2

ラズベリーティーまたは
ストロベリーティーの
　ティーバッグ　1袋

モロッコ風ミントティーの
　ティーバッグ　1袋

レモンライムティーの
　ティーバッグ　1袋

ケーキを作る

1　オーブンを180℃に予熱する。

2　20cmのスクエアケーキ型に、やわらかくしたバター大さじ2を塗る。

3　大きめのボウルに残りの225gのバターと砂糖を入れて、ハンドミキサーの中速で、ふんわり軽くなるまで4分ほど混ぜる。

4　卵を1個ずつ加え、1個加えるたびによく混ぜる。

5　小麦粉とベーキングパウダーを別の中くらいのボウルに入れて、スプーンで混ぜておく。

6　粉を混ぜたものの1/3をバターのボウルに入れてから、牛乳の1/3を入れる。入れるたびに1分ほどよく混ぜる。これをもう2回繰り返して、粉と牛乳をバターに完全に混ぜ込む。バニラを加えて1分ほどよく混ぜる。

p. 66へ続く

P. 65から続く

バタフライピー・ティーの
　ティーバッグ　1袋

ブルースピルリナ粉末
　小さじ2

黄色の食用色素 (液体)
　25滴

赤の食用色素 (液体)
　20滴

緑の食用色素 (液体)
　12滴

ケーキのフィリングの層

エルダーベリー (セイヨウ
　ニワトコの実) のジャム
　1カップ強

アイシング

粉砂糖　240g

牛乳　大さじ4

飾り

食用の金粉と星

メモ ✦ このレシピは、「1-2-3-4
ケーキ」と呼ばれることが多く
あります。名前の由来は、基本
の材料がバター1カップ、砂糖
2カップ、小麦粉3カップ、卵4
個だったことから来ています。

✦ マグルの魔法 ✦

プチフールのつづりは「petits
fours」で、「fours」の部分が「4」
という数のように見えるため、4
つの寮を表すケーキにふさわ
しいように思えますが、実は、プチ
フールは「小さな窯」という意味
です。しかし、このカラフルなケー
キは小さな窯で焼くわけではな
いので、「小さな窯」という名前も
正しくありません。「小さな」とい
うのは、このケーキを焼くときに
低温にすることを指しています。

7 ケーキ生地を4等分して、それぞれ別の20cmスクエ
　アケーキ型に入れる。ティーバッグの上の端をはさみ
　で切って開ける。1つ目の生地にラズベリーティーまた
　はストロベリーティーと赤の食用色素、2つ目の生地に
　モロッコ風ミントティーと緑の食用色素、3つ目の生地
　にバタフライピー・ティーとブルースピルリナ粉末、4
　つ目の生地にレモンライムティーと黄色の食用色素を
　入れ、よくかき混ぜる。

8 オーブンに入れて、ケーキの端が色付き始め、型から
　離れてくるまで30〜35分焼く。すべてのケーキの中
　央にナイフを刺してみて、生地がついてこなければでき
　あがり。

9 オーブンから出して、型に入れたまま1時間ほど冷まし
　ておく。

10 ケーキが冷めたら、ケーキとケーキの間にジャム1/3ず
　つを塗りながら、盛り付け用の大皿に重ねる。

アイシングを作る

1 中くらいのボウルに粉砂糖と牛乳を入れて、なめらか
　になってつやが出るまで7分ほどよく混ぜる。ケーキ
　の上にアイシングを垂らし、端から少し垂れるように
　する。

2 ケーキの上に食用の金粉と小さな星を散らす。

保存は、密閉容器に入れて室温で2〜3日。

ドローレス・アンブリッジの
スコーン

『ハリー・ポッターと不死鳥の騎士団』で、ハリー・ポッターが夕方にドローレス・アンブリッジ教授の部屋で罰を受けているとき、アンブリッジは紅茶を飲んで伝統的なティータイムを過ごします（紅茶には、ピンク色の砂糖を何杯も入れています）。このとき、アンブリッジは意外にも、アフタヌーンティーに付き物の焼き菓子であるスコーンを食べていません。スコーンは、ぼろぼろと崩れやすく、やや堅めの食感で、ほんのり甘い焼き菓子です。

　アンブリッジは、甘くて優しいスコーンとは大違いです。「アンブリッジは怪物だから、怪物のように演じるべきだと思う」とアンブリッジ役のイメルダ・スタウントン。「アンブリッジの行動を私が理解する必要はないが、アンブリッジの視点からは、自分が学校のために最善を尽くしていると信じている」

　スコーンはティータイムにぴったりのお菓子です。このレシピでは、華やかにふくらんだ、おいしい丸型のスコーンができます。アンブリッジがもしお茶に甘いものを合わせたとしたら、間違いなくこのスコーンがぴったりでしょう。

小麦粉　250g＋
　打ち粉用適量

ベーキングパウダー
　大さじ1

砂糖　小さじ2＋
　トッピング用大さじ1

塩　小さじ1

カレンズ（小粒のレーズン）
　1/2カップ強

生クリーム
　175ml＋大さじ2

トッピング
卵白　1個分
　（水小さじ1を加えて溶く）

✦ 魔法界の舞台裏 ✦

イメルダ・スタウントンは、ドローレス・アンブリッジについて、「狂気と残酷さが服を着て歩いているようなもの。単にピンク色のすてきな服を着こなす女性というだけではない」と語っています。

1　オーブンを220℃に予熱する。天板（油は塗らない）を用意する。

2　大きめのボウルに小麦粉、ベーキングパウダー、砂糖小さじ2、塩を入れて、泡立て器で混ぜる。カレンズと生クリームを加えて大き目のスプーンでさっくり混ぜる。手で生地をそっと集めて、ボウルの側面を使ってこね、ざっとひとまとまりにする。

3　作業台に軽く打ち粉をして生地を置く。麺棒で生地を約2cmの厚さにのばす。直径7.5cmの丸いクッキー型で生地を抜く。型はまっすぐ押し付けてまっすぐ持ち上げ、できるだけ隙間を空けないように抜く。抜いた生地は、5cm以上離して天板に並べる。残った生地を集め、打ち粉をした作業台で少しだけこね、また麺棒でのばして抜き、天板に並べる。

4　卵白と水を混ぜたものをハケでスコーンの上面に塗り、残りの砂糖をまんべんなくかける。

5　スコーンがきつね色になるまで10〜12分焼く。網に移して冷ます。温かい状態で、または室温で食べる。

ニフラーのテディの
ふたくち金貨ケーキサンドイッチ

ニュート・スキャマンダー役のエディ・レッドメインにとって、ニフラーのテディはファンタスティック・ビースト映画の中でお気に入りの動物ではありますが、悪知恵が働き、ニュートの悩みの種だとレッドメインは語っています。ニフラーはキラキラ光る物が大好きで、それを手に入れるためにはどんなことでもします。『ファンタスティック・ビーストと魔法使いの旅』で、テディは銀行の金庫室の隙間から入り込み、貸金庫から取った金をおなかの袋に詰め込みます。ニュートはそんなことをさせるわけにはいかず、テディが集めたキラキラ光る物を出させようとします。

レッドメインは、役のために情報収集をしていたときに、アリクイの赤ちゃんを扱う動物学者のところに行きました。「アリクイは、ボールみたいに小さく丸まるんだ。動物学者の人は、小さなおなかをくすぐって体をのばさせていた」とレッドメイン。テディが集めた金などの光る物を出させるためにニュートがテディをくすぐるのには、このようなわけがあるのです。

バターフィリングをたっぷりはさんで食用の金粉を振りかけたレモン風味のこのサンドイッチケーキは、ニフラーなら必ず引き付けられるでしょう。

サンドイッチケーキ
小麦粉　250g
重そう　小さじ1¼
塩　小さじ¼
グラニュー糖　200g
バター　115g
バニラエクストラクト
　小さじ1½
卵（Mサイズ）
　1個（室温）
レモン汁、レモンの皮の
　すりおろし　各1個分
黄色の食用色素（液体）
　小さじ1
成分無調整牛乳
　175ml

フィリング
粉砂糖　720g
バター　340g
　（やわらかくしておく）
バニラエクストラクト
　小さじ3
成分無調整牛乳
　大さじ5
食用の金色のスプリンクル
　大さじ1

飾り
食用の金粉と星形の
　スプリンクル
　½カップ強

> 「そのコソ泥根性を
> 何とかしろ。人の物を
> 取ったらだめだってば！」
>
> ──ニュート・スキャマンダー
> 『ファンタスティック・ビーストと
> 魔法使いの旅』

サンドイッチケーキを作る

1 オーブンを180℃に予熱する。天板にクッキングシートを敷く。

2 大きめのボウルに小麦粉、重そう、塩を入れてよく混ぜておく。

3 スタンドミキサーのボウル、またはハンドミキサーの場合は大きめのボウルにグラニュー糖とバターを入れ、ふんわり軽くなるまで高速でよく混ぜてクリーム状にする。バニラ、卵、レモン汁、レモンの皮のすりおろし（皮のすりおろしはトッピング用に1/3取り分けておく）、食用色素を入れてよく混ぜる。

4 粉の半分を混ぜ込んでから牛乳の半分を混ぜる。これを繰り返してよく混ぜる。

5 アイスクリームスクープで生地を丸く形作る。準備した天板に、丸めた生地を5cm間隔で並べる。固まって端が少し色付くまで10〜15分焼く。オーブンから出して冷ましておく。

フィリングを作る

1 スタンドミキサーのボウル、またはハンドミキサーの場合は大きめのボウルに、粉砂糖、バター、バニラ、牛乳を入れ、塗りにくくならない程度にとろみが付くまで、中速で10分ほどよく混ぜる。

2 ケーキが冷めたらケーキサンドイッチを組み立てる。下になるケーキにフロスティングを塗り、その上にもう1枚のケーキをのせる。皿に食用の金色のスプリンクルを出して広げる。フロスティングが乾かないうちに、ケーキサンドイッチを皿のスプリンクルの上で転がし、スプリンクルを全体に付ける。食用の金粉と星形のスプリンクルをケーキサンドイッチに振りかけ、取っておいたレモンの皮のすりおろし1/3を風味付けに振りかけて飾る。

保存は、密閉容器に入れて室温で2〜3日。

「やめてってば」

──クイニー・ゴールドスタインが、しつこくお茶の
お代わりを注ごうとする宙に浮かぶティーポットに
『ファンタスティック・ビーストと黒い魔法使いの誕生』

宙に浮かぶ
クイニー・ゴールドスタインのティーポット

『ファンタスティック・ビーストと黒い魔法使いの誕生』で、クイニー・ゴールドスタインは、姉のティナを捜しても見付からず、ひとりぼっちでパリの街をさまよいます。そして、ゲラート・グリンデルバルドの信奉者であるヴィンダ・ロジエールと「仲良く」なります。ヴィンダは拠点の邸宅で、グリンデルバルドの運動に加わるようクイニーを説得します。クイニーは納得せず、帰ろうとしますが、ティーポットは宙に浮いたまま、しつこくお代わりを注ごうとします。

このレシピでは、宙に浮いた魔法のティーポットがテーブル中央を飾り、甘み付けのはちみつ、鮮やかなピンク色のハート形の砂糖、しょうがの砂糖漬けなどを引き立てます。お茶に加えるレモン、生クリーム、ミントもあります。ティーポットに付けたリボンには、お茶に入れるミントの葉を摘むための小さなはさみがぶら下がっています。宙に浮くティーポットが難しければ、ティーポットをテーブルに置き、その周りにお茶のお供を並べましょう。

しょうがの砂糖漬け
しょうが（皮をむいて
　1.5cm角に切る）
　1カップ強
グラニュー糖　400g
　（分ける）

ハート形の砂糖
鮮やかなピンク色の
　ザラメ糖　1カップ強

特別な道具
2.5cm大のシリコーン製
　のハート型

しょうがの砂糖漬けを作る

1　しょうが、水475ml、グラニュー糖200gをなべに入れて強火にかけて沸騰させ、中火にして1時間煮る。

2　火から下ろしてこし、煮汁は捨てる。小さめのボウルに残りのグラニュー糖200gとしょうがを入れ、混ぜてしょうがにグラニュー糖をまぶす。30分ほど置いて乾かし、冷ます。しょうがをグラニュー糖から取り出して、器に盛り付ける。

ハート形の砂糖を作る

1　中くらいのボウルにピンク色のザラメ糖と水小さじ1を入れ、ザラメ糖が全体的にやや湿ってべたべたするまで、1分ほどかき混ぜる。2.5cm大のシリコーン製のハート型に2～3つまみ入れる。隙間のないように、均等にしっかり押し固める。

2　作業台にワックスペーパーを敷く。ハート形の砂糖を型から押し出して、ワックスペーパーの上に並べる。30分ほど休ませて固める。できれば、ワックスペーパーをもう1枚用意して上にかけ、4～6時間または一晩置く。小さな器に盛り付ける。

p. 72へ続く

P. 71から続く

宙に浮かぶ
ティーポットの飾り

超強力な耐水性ポリウレタ
　ン接着剤　530ml入り
　1本

茶盆　1枚

ティーカップとソーサー
　1組

30cm長さの金属製
　バースプーン　1本

小さめのティーポット
　（できれば、ふたが本体
　に連結されている銀製
　のもの）　1個

ミント　大1束

30cm長さの細いリボン
　1本

小型のはさみ
　（ネイル用など）　1つ

レモン　大1個
　（薄切りにして1/4に切る）

生クリーム　235ml

はちみつ　680g

透明なガラスの器または
　ティーカップ　5つ

シュガートング　1つ

メモ ✦ 型がない場合は、ザラ
メ糖を指で小さな球状に丸め
ます。

宙に浮かぶティーポットの飾りを作る

1　茶盆の上のソーサーをのせる位置に、ポリウレタン接着剤
　　大さじ2を塗る。接着剤を塗ったところにソーサーをのせ
　　て固定する。ソーサーの上にポリウレタン接着剤大さじ1
　　を塗り、その上にティーカップをのせて固定する。ポリウ
　　レタン接着剤が硬化するまで4時間ほど置く。ソーサーと
　　ティーカップが固定し接着剤が乾くまでの間、動かないよ
　　うに上に重い物をのせておく。

2　バースプーンの下の部分を斜めに曲げ上げ、上の部分を斜
　　めに曲げ下げて、曲がった両端がそれぞれティーカップの
　　内側の側面沿いとティーポットの注ぎ口内に合うような形
　　にする。

3　ティーカップにポリウレタン接着剤を1/3の深さまで入れ、
　　スプーンの丸い先の方をポリウレタン接着剤に入れる。ポ
　　リウレタン接着剤が硬化するまでスプーンを支える物を、
　　スプーンの隣に置く。硬化するまで最低4時間、できれば
　　一晩置く。

4　ポリウレタン接着剤が硬化し、バースプーンが固定された
　　ら、茶盆をテーブルに立て、テーブルに付かない部分はタ
　　オルを入れて支える。バースプーンの上端をティーポット
　　の注ぎ口に差し込む。ポリウレタン接着剤をたっぷり使っ
　　て、バースプーンの上端をティーポットの注ぎ口の中に固
　　定する。接着剤が硬化するまで最低24時間、最高48時
　　間置く。

5　ティータイムの前に、硬化したポリウレタン接着剤の部分
　　をラップで覆う。ティーポットとティーカップにミントを
　　詰め、バースプーンにミントを巻き付けてスプーンが見え
　　ないようにする。硬化したポリウレタン接着剤にミントが
　　触れないように気を付ける。お茶に入れるミントを摘むた
　　めの小型のはさみを、ティーポットにリボンで結び付ける。

6　レモン、生クリーム、はちみつ、しょうがの砂糖漬け、ハー
　　ト形の砂糖をそれぞれ透明なガラスの器に入れる。ハー
　　ト形の砂糖を入れた器に、シュガートングを添える。

生クリーム、しょうがの砂糖漬け、レモン、ミントの保存は、
別々に密閉容器に入れて冷蔵庫で1〜2日。ハート形の砂糖
の保存は、密閉容器に入れて室温で3〜4週間。

第 2 章

ティータイムに
ぴったりな
塩味の軽食

ダームストラング専門学校流
ショプスカサラダの
ティーパーティー・ボート

ショプスカサラダはブルガリアの国民的サラダで、さいの目切りのトマトの赤、きゅうりとパセリの緑、玉ねぎとトヴァローク（フレッシュチーズ）の白が、ブルガリアの国旗を思わせます。東ヨーロッパの典型的なサラダであるショプスカサラダを、ここではダームストラング校の船をイメージしたひとくちサイズのチコリの葉にのせています。

　ダームストラングの代表選手ビクトール・クラムを演じたスタニスラフ・アイエネフスキーは、黒い湖の水中で行われる三大魔法学校対抗試合の第2の課題のためにスキューバダイビングを習いました。また、ビクトール・クラムがダームストラングの船から飛び降りる場面のために、飛び込み台から飛び込む練習もしましたが、この場面は最終的にはカットされてしまいました。

ショプスカサラダ

枝付きトマト　大6個
　（さいの目切り）

きゅうり　6本（いちょう切り
　または半月切り）

ポブラノペッパー
　（マイルドな辛さの青唐辛
　子）大1個（へたと種を
　取ってさいの目切り）

パセリ　大束1つ
　（茎を除いてみじん切り）

赤玉ねぎ（さいの目切り）
　1/2カップ強

フェタチーズ　2 1/3 カップ

ショプスカサラダを作る

大きめのボウルに、トマト、きゅうり、ポブラノペッパー、パセリ、玉ねぎ、フェタチーズを合わせておく。

ドレッシングを作る

1　おろし金でオレンジの皮をすりおろしておく。オレンジを半分に切り、汁をしぼる。オレンジの汁、はちみつ、シャンパンビネガー、オリーブオイル、にんにく、塩、こしょうをドレッシングシェーカーに入れて振り、乳化するまでよく混ぜる。または、大きめのボウルに材料を入れて、大きめの調理スプーンでかき混ぜる。

2　ドレッシングをサラダにかけ、サラダの具材全体にドレッシングがからむまで混ぜる。

p. 78へ続く

P. 77から続く

ドレッシング

オレンジ　中2個

はちみつ　85g

シャンパンビネガー
　大さじ1

エクストラバージン・
　オリーブオイル　大さじ2

にんにく　2かけ
　（みじん切り）

ヒマラヤピンク岩塩
　1つまみ

ペッパーミックスを
　ひいたもの　1つまみ

サラダの盛り付け用

トレビス　1株

チコリ　4株

メモ ✦ ブルガリアからの輸入品のトヴァローク（白い塩漬けチーズ。「シレネ」とも呼ばれる）が見付からなければ、ギリシャのフェタチーズでかまいません。

3　盛り付け用の大皿にトレビスの葉を重ならないように並べ、チコリの葉をその上に並べる。チコリの葉は、できるだけ状態の良いものを選ぶようにする。葉にサラダを詰める。どの葉にも全種類の具が入るようにする。

4　オレンジの皮のすりおろしを飾る。

保存は、密閉容器に入れて冷蔵庫で1〜2日。

「そして北からは、
ダームストラング専門学校の一行だ」

——アルバス・ダンブルドア
『ハリー・ポッターと炎のゴブレット』

オオガラス風目玉焼きの
ミニサンドイッチ

『ファンタスティック・ビーストと黒い魔法使いの誕生』には、ホグワーツ生時代のニュート・スキャマンダーが登場します。内気で物事に没頭する性格のハッフルパフ生のニュートは、悩みを抱える貴族然としたスリザリン生のリタ・レストレンジと仲良くなります。学校でとても嫌なことがあって、隠れる場所を探していたリタは、動物が飼育されている塔に偶然入り込みます。そこではニュートが、保護を必要とする動物の世話をしていて、その中には卵からかえったばかりのオオガラスのヒナもいました。

「2人とも変わっているので、それが仲良くなるきっかけになった」とゾーイ・クラヴィッツ（リタ役）。「ニュートは思いやり深く、ほかの誰も愛さないようなものを愛するが、リタにはそういうところがたくさんある。ニュートはリタの中に悲しげな動物を見る。リタならそれを怪物と呼ぶだろうが、ニュートはリタのそういう面も愛し、リタについて何も変えたいと思わない」

このふたくちサンドイッチには卵が使われています。オオガラスでなく、鶏の卵です！　卵は両面焼きにして、チェダーチーズとこしょうを振ります。卵は4分の1の大きさに切ったトーストにはさみ、リタの激しい性格をイメージしたホットパプリカを振りかけます。

小麦とライ麦のパン
　　大6枚

バター　大さじ2

卵（Mサイズ）　12個

塩　小さじ1/4

ひきたてのこしょう
　　小さじ1/4

おろしたチェダーチーズ
　　大さじ2

ホットパプリカ　1つまみ

メモ ✦ グルテンフリーにするには、パンを抜くか、グルテンフリーのパンを使います。

1　パンをトーストして耳を切り落とし、1/4に切る。

2　フライパンを中火にかけ、バターを溶かす。

3　卵を割り入れて両面を2分くらいずつ焼き、黄身がやわらかく固まった目玉焼きを作る。目玉焼きに塩、こしょう、チーズを振る。

4　へらで切り分けて、12枚の目玉焼きにする。

5　切ったトーストに目玉焼きを1つずつのせ、トーストの端からはみ出た部分は取り除くか内側に折りたたんで、トーストの大きさに収まるようにする。もう1枚のトーストをのせる。サンドイッチに短い竹串を刺して固定する。

6　サンドイッチを皿に盛り付け、ホットパプリカを振りかける。

目玉焼きの保存は、密閉容器に入れて冷蔵庫で2〜3日。パンの保存は、密閉容器に入れて室温で3〜4日。

ニース風サラダの
ティータイムボート

ホグワーツ特急を降りた1年生は、大広間に到着する前に、ボートで黒い湖を渡ります。グリフィンドール生のディーン・トーマスを演じたアルフレッド・イーノックは、ランタンに照らされた小さなボートに乗って湖を渡ったのは一生忘れられないと語っています。この場面の撮影のために、スタジオ内に浅くて広大なタンクが作られました。ボートは、金属の滑車を使って水上を進んでいるように見せました。「映画ではすごく簡単そうに見えた」とイーノック。『魔法の舞台裏』がどうなっているのかをこの目で見たのは、あれが初めてだった。何の問題もなくさらっとやっているように見えるが、こういうことをうまくやり遂げるのは、簡単なことではない。舞台裏の大変な努力と職人技がよくわかった」

『ハリー・ポッターと賢者の石』に登場したボートにアイデアを得たこのサラダは、オーブンで焼いたレモン風味のまぐろ、ローストポテト、さやいんげん、固ゆで卵、トマト、塩気のきいたカラマタオリーブをドレッシングであえたもので、1人分ずつトレビスの葉に詰め、ふたくちで食べられるようになっています。軽くてピリッとした風味のディジョンマスタードドレッシングは刺激的で、ボートを浮かべるときのようにワクワクすることでしょう！

まぐろ

バター　大さじ3
　（やわらかくしておき、分ける）

まぐろの切り身
　225gのもの2切れ

レモン　1個

塩　小さじ1/4

ひきたてのこしょう　小さじ1/4

刻んだディル　1/2カップ強（分ける）

ベビーポテトのロースト

バター　大さじ1

ベビーポテト（1.5cm角に切る）
　1カップ強

にんにく　1かけ（みじん切り）

ヒマラヤピンク岩塩　小さじ1/4

ペッパーミックスをひいたもの
　小さじ1/4

サラダ

卵（Mサイズ）　3個
　（固ゆでにして1.5cm角に切る）

枝付きトマト　中2個（1.5cm角に切る）

さやいんげん（1.5cm長さに切る）
　1/2カップ強

カラマタオリーブ（種を取って1.5cm大
　に切る）　1/4カップ

トレビス　1株

ドレッシング

ディジョンマスタード　120ml

シャンパンビネガー　大さじ2

レモン汁　レモン1個分

にんにく　1かけ（みじん切り）

塩　小さじ1/4

ひきたての黒こしょう　小さじ1/4

砂糖　小さじ1/4

まぐろを焼く

1 オーブンを190℃に予熱する。パイ皿または20cm角のオーブン用耐熱皿の内側にバター大さじ1を塗る。

2 まぐろの切り身を水で洗い、バターを塗った焼き皿に並べる。レモンを半分に切り、半分は薄切りにし、もう半分は汁をしぼってまぐろにかける。レモンの薄切り1枚を半分に切ったものを、それぞれ1枚ずつまぐろの切り身にのせる。まぐろの切り身にバターを大さじ1ずつのせ、塩こしょうとディルの半分を振りかける。

3 オーブンに入れ、フォークでまぐろの身が簡単にほぐれるようになるまで、30分ほど焼く。中心の温度が52℃に達するようにする。

4 オーブンから出して数分置いて冷まし、冷蔵庫に入れる。

5 次にポテトを焼くので、オーブンは190℃のままにしておく。

ベビーポテトを焼く

1 パイ皿または20cm角のオーブン用耐熱皿の内側にバターを塗り、ベビーポテトを入れる。にんにくを入れて混ぜ、塩とこしょうを振る。

2 オーブンに入れ、きつね色になって端が少しかりっとするまで10〜12分焼く。途中、8分たったところでかき混ぜる。室温まで冷ましておく。

3 まぐろをほぐして1.5cm角ぐらいの大きさにする。

サラダを作る

大きめのボウルに、ポテト、卵、トマト、さやいんげん、オリーブを合わせる。

ドレッシングを作る

1 ドレッシングシェーカーに、マスタード、シャンパンビネガー、レモン汁、にんにく、塩、こしょう、砂糖を入れ、20回くらい振ってよく混ぜる。または、大きめのボウルに材料を入れて、大きめの調理スプーンで30回くらいかき混ぜる。

2 サラダにドレッシングをかけ、そっと混ぜて、ドレッシングを具材すべてによくからませる。まぐろを入れて、まぐろが崩れないように2〜3回さっくり混ぜる。

3 トレビスの葉の中から、小さくてしっかりしたものを16枚選ぶ。葉にサラダを詰める。どの葉にも全種類の具が入るようにする。皿に並べ、残りの半分のディルをかける。

保存は、密閉容器に入れて冷蔵庫で2〜3日。

「よく来た！ 1 年生！ こっちだぞ！」

——ルビウス・ハグリッド

『ハリー・ポッターと賢者の石』

ロン・ウィーズリーの
フィンガーサンドイッチ

ホグワーツ特急では、車内販売魔女がお菓子でいっぱいの台車を押して回ってきてお菓子を勧めます。ロン・ウィーズリーは、家からサンドイッチを持ってきていたのでお菓子を買いませんでしたが、浮かない顔をしていました。

　ハリーとロンが初めて出会うホグワーツ特急の客車内のシーンでは、「僕たちは向かい合って座っていて、ずっとクスクス笑っていた」とルパート・グリント（ロン役）。「一緒に撮影できなかったので、別々に演技しなければならなかった。クリス・コロンバス（監督）が、僕を撮影するときはハリーの役を演じて、ダンを撮影するときは僕の役を演じてくれた」

　このおいしい料理は、ロンが車内で食べたかっただろうサンドイッチを想像したもので、具材はトマトとベーコン、エッグサラダ、デビルドハム（細かく切ってスパイスで味付けしたハム）です。3種のサンドイッチを大皿に並べ、ローズマリーの小枝を刺した小型きゅうりのピクルスかピクルスの薄切り、またはオリーブをいくつかのサンドイッチに刺して飾りましょう。

トマトとベーコンの
サンドイッチ

ベーコン　225g

枝付きトマト　2個

グラニュー糖　小さじ1

キャラウェイ入りのパン　4枚

マヨネーズ　235ml

タラゴン（生・千切り）1/4カップ

レモン汁　小さじ1

ヒマラヤピンク岩塩　小さじ1/4

ひきたての黒こしょう　小さじ1/4

ホットパプリカ　小さじ1/4

飾り

タイムの葉（生）

サンドイッチスプレッドを作る

フードプロセッサーにマヨネーズ、タラゴン、レモン汁、塩、こしょう、パプリカを入れ、パルス操作を3回する。フードプロセッサーの側面に付いた食材をスプーンで落とし、パルス操作をもう2〜3回してよく混ぜる。

トマトとベーコンのサンドイッチを作る

1　オーブンを180℃に予熱する。ベーコンの薄切りを天板に平らに広げ、カリっとするまで30分ほど焼く。

2　オーブンから出して、キッチンペーパーを敷いた皿に並べ、室温になるまで冷ます。

3　トマトを6mmの厚さに切り、グラニュー糖を振りかける。

4　包丁でパンの耳を切り落とす。パン1枚にサンドイッチスプレッドを塗る。トマトを1枚のせ、その上に焼いたベーコンを3枚のせ、もう1枚のパンをのせる。もう1個のサンドイッチも同じように作る。サンドイッチを十字に切って4等分し、上にタイムの葉を散らす。

p. 84へ続く

P. 83から続く

卵サラダのサンドイッチ

卵　4個 (固ゆで)

マヨネーズ　235ml

マスタード　60ml

ヒマラヤピンク岩塩
　　小さじ 1/4

ひきたてのこしょう
　　小さじ 1/4

マーブルライ麦パン　4枚

タイムの葉 (生)　大さじ1

デビルドハムの
サンドイッチ

ハム　225g (フードプロ
セッサーでひく)

マヨネーズ　120ml

スイートピクルスのみじん
切り)　大さじ2

刻んだセロリ　大さじ1

赤玉ねぎ (さいの目切り)
　　大さじ 1/2

ひきたてのこしょう
　　小さじ 1/4

白いパン　4枚

小型きゅうりのピクルス
　　6〜8本

ローズマリー　6〜8本

卵サラダのサンドイッチを作る

1　ボウルに卵を入れて、マッシャーでつぶす。マヨネーズ、マスタード、塩、こしょうを加えてよく混ぜる。

2　包丁でパンの耳を切り落とす。パンに卵サラダをはさむ。サンドイッチを十字に切って4等分し、上にタイムの葉を散らす。

デビルドハムのサンドイッチを作る

1　ボウルにハム、マヨネーズ、スイートピクルス、セロリ、玉ねぎ、こしょうを入れて混ぜる。

2　包丁でパンの耳を切り落とす。パンにハムサラダをはさむ。サンドイッチを十字に切って4等分し、ローズマリーの小枝を刺した小型きゅうりのピクルスで飾る。

サンドイッチの具材の保存は、別々に密閉容器に入れて冷蔵庫で2〜3日。パンの保存は、密閉容器に入れて室温で4〜5日。

「坊ちゃん、何かいかが」

「僕、いいや。自分のがある」

——車内販売魔女がロン・ウィーズリーに

『ハリー・ポッターと賢者の石』

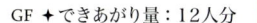
漏れ鍋のティータイム
えんどう豆スープ

『ハリー・ポッターと賢者の石』で、ハリー・ポッターはハグリッドに連れられて、魔法界で一番人気のパブ兼宿屋の漏れ鍋を初めて訪れ、自分が「生き残った男の子」であることを知ります。『ハリー・ポッターとアズカバンの囚人』では、プリベット通りの家を飛び出した後、夜の騎士バス（ナイト・バス）に乗って漏れ鍋に行き、そこでコーネリウス・ファッジ魔法大臣と出会います。ファッジはハリーに豆のスープを勧めますが、ハリーは断ります。バスにいた干し首のドレ・ヘッドに、豆のスープに注意するよう言われていたからです。

『賢者の石』で漏れ鍋のメニューを作成したグラフィックス部は、店内に掲示するスープメニューの候補をたくさん考えました。その中には、「漏れ特製スープ」、「特製スープ漏れ」、「漏れ漏れスープ」、「スープスープスープ」もありました。

このレシピのスープは人を食ってしまうことはなく、えんどう豆、にんじん、セロリ、玉ねぎ、ハムを使った典型的なえんどう豆スープです。ティーカップ、透明なクープグラス、陶器のラメキン（小型の耐熱皿）などに1人分ずつ注ぎ、温かいうちに出しましょう。

グリーンスプリットピー
　（皮をむいて半分に割った
　乾燥青えんどう豆）　455g

骨付きハムの骨（肉がたくさん
　付いているもの）　1本

赤玉ねぎまたは黄玉ねぎ
　中または大1個（刻む）

塩　小さじ1

こしょう　小さじ1/2

ローリエ　4枚

にんじんスティック　10本
　（1.5cm角に切る）

セロリ　5本
　（1.5cm角に切る）

1　乾燥青えんどう豆をざるに入れて水で洗い、数分置いて水を切る。大なべにえんどう豆を入れて5cm深さまで水を入れ、強火にかける。3分間煮立て、火から下ろして最高8時間（一晩）浸しておく。ざるに空けて水で洗い、水を切る。

2　大なべにえんどう豆、水2L、ハムの骨、玉ねぎ、塩、こしょう、ローレルを入れて強火にかける。煮立ったら中火にして、ときどきかき混ぜながら1時間半煮る。

3　ハムの骨を取り出して肉を切り離し、肉はさいの目切りにしてなべに戻す。にんじんとセロリをなべに入れる。えんどう豆と水分が分離しなくなるまで、かき混ぜながら1時間ほど煮る。

4　透明なクープグラスに盛り付ける。少ない量を盛り付ける場合は、透明なショットグラスでもよい。

保存は、密閉容器に入れて冷蔵庫で3〜4日。

「豆のスープが出てきたら、
食われる前に食っちまえよ」

——ドレ・ヘッドがハリー・ポッターに

『ハリー・ポッターと
アズカバンの囚人』

禁じられた森の
ミニ・マッシュルーム・シュトルーデル

禁じられた森は、『ハリー・ポッターと死の秘宝1』を除くすべてのハリー・ポッター映画に登場します（『死の秘宝1』では、ハリー、ロン、ハーマイオニーが他のいろいろな森に行きます）。もやに覆われた広大な禁じられた森は、足を踏み入れるたびに大掛かりで恐ろしいものになっていきました。『ハリー・ポッターと不死鳥の騎士団』では、美術監督のスチュアート・クレイグが森の木の根をデザインし直して、「幹が指に支えられているかのように見える」と語る熱帯のマングローブの木のような形にしました。

　ひとくちサイズのこの甘くないシュトルーデルは、マッシュルームを白ワイン、赤玉ねぎ、タイム、にんにくとともにソテーして詰めたもので、謎めいた森の木々の根元に生い茂る植物を思わせる、土の香りいっぱいの料理です。

冷凍パイシート　455g

バター　大さじ4
　（やわらかくしておき、
　分ける）

マッシュルームの薄切り
　4¾カップ

辛口の白ワイン　120ml

タイムの葉（生）
　大さじ1+小さじ1

赤玉ねぎ（さいの目切り）
　大さじ1

にんにく　1かけ
　（みじん切り）

卵白　1個分

1　オーブンを180℃に予熱する。23cm×30cmの天板にクッキングシートを敷く。

2　パイシートを冷凍庫から出して自然解凍する。

3　大きめのフライパンを強火にかけて、バター大さじ2を溶かす。マッシュルーム、ワイン、大さじ1のタイム、玉ねぎ、にんにくを加え、煮立ったら中火にして、ワインのアルコール分が飛ぶまで20〜25分煮る。

4　火から下ろして冷ましておく。

5　パイシートを10cm×5cmの長方形8枚と、幅6mm×長さ10cmの細長い形24本に切る。シュトルーデルに1本ずつ付ける三つ編みを8本作る。三つ編みを作るには、細長い生地3本を隣り合わせに並べ、左の生地を真ん中の生地の上に交差させてから右の生地を真ん中の生地の上に交差させ、これを繰り返して最後まで編む。

p. 88へ続く

P. 87から続く

6 マッシュルームのフィリングが冷めたら、長方形の生地の片側にフィリングを大さじ3ずつのせる。端は1.5cm空けておく。マッシュルームのフィリングの上にバターを小さじ¼ずつのせる。フィリングをのせていない方の生地を持ち上げて、フィリングにかぶせるように生地を半分に折る。フォークの先で、生地を合わせた3辺の端を押さえる。

7 三つ編みにした生地をシュトルーデルの縦に沿ってのせ、三つ編みの上の端をシュトルーデルの上の辺に押し付けて、三つ編みをくっつける。三つ編みは、下の辺から1.5cmほどはみ出す。

8 卵白を溶いて、ハケでシュトルーデル全体に塗る。

9 シュトルーデルの上面にナイフで空気穴を開ける。準備した天板にシュトルーデルを並べる。きつね色でサクサクになるまで35〜40分焼く。

10 残りの小さじ1のタイムを飾る。

保存は、密閉容器に入れて冷蔵庫で2〜3日。

ルーナ・ラブグッドの
はちみつ焼きラディッシュサラダ

ラブグッド一家の家の外には、風船のように浮いているオレンジ色のスモモ飛行船の茂みがあります。『ハリー・ポッターと不死鳥の騎士団』で娘のルーナがしているイヤリングは、スモモ飛行船をイメージして作ったのでしょう。しかし、衣装デザイナーのジェイニー・ティーマイムがイヤリングの制作を工芸作家に依頼して最初にできあがってきたのは、赤ラディッシュの形のものでした。ハリー・ポッターファンで物知りのイヴァナ・リンチ（ルーナ役）は、物語に出てくるスモモ飛行船に合わせて作り直したほうがいいとティーマイムにアドバイスし、正しいデザインのイヤリングを自分で作ってきました。それが映画で使われたのです。

　このサイドサラダは、色とりどりのラディッシュとハーブを使ったティータイム用温サラダで、美しく風味豊かでカリウムとビタミンCも豊富です。まとめて盛ってそこから取り分けても、銘々盛りでもかまいません。銘々盛りの場合は、透明なガラスの器、ワイングラス、シャンパングラスなどに盛り付けて、ラディッシュのきれいな彩りが見えるようにしましょう。

ラディッシュのロースト
ラディッシュ（いろいろな色）
　3束

にんにく　2かけ（みじん切り）

はちみつ　大さじ1

ドレッシング
シャンパンビネガー　大さじ1

エクストラバージン・オリーブ
　オイル　大さじ½

ひきたての黒こしょう
　小さじ¼

塩　1つまみ

グラニュー糖　1つまみ

「スモモ飛行船に
触らないで」

——ラブグッド家の
家の外の看板

『ハリー・ポッターと死の秘宝1』

ラディッシュを焼く

1　オーブンを180℃に予熱する。天板にクッキングシートを敷く。

2　ラディッシュをよく洗い、茎と根元を切り落とし、大きいものは半分に切る。ラディッシュの葉は取っておく。

3　大きめのボウルにラディッシュを入れ、にんにくとはちみつを加えて軽く混ぜる。

4　ラディッシュと葉の一部（2枚は飾り用に千切りにして残しておく）を、準備した天板に並べる。オーブンに入れ、ラディッシュの縁が軽く色付き始めるまで15〜20分焼く。

5　オーブンから出して冷ましておく。

ドレッシングを作る

1　ドレッシングシェーカーに、シャンパンビネガー、オリーブオイル、こしょう、塩、グラニュー糖を入れ、20回振る。または、大きめのボウルに材料を入れて、大きめの調理スプーンでよくかき混ぜる。

2　ラディッシュが冷めたら、大きめのボウルに入れてドレッシングをかけ、軽く混ぜる。ラディッシュを盛り付け、彩りに千切りのラディッシュの葉を散らす。

保存は、密閉容器に入れて冷蔵庫で3〜4日だが、作りたてで温かいうちにすぐ食べるのがベスト。

黒い湖のタラ・バーグ ポーチドエッグと ブランデー・クリームソース添え

『ハリー・ポッターと炎のゴブレット』で描かれている三大魔法学校対抗試合の第2の課題で、ハリーは、ホグワーツの黒い湖の中に住む水中人（マーピープル）に遭遇します。水中人はマグルが人魚と呼ぶものとはかけ離れていて、生き物デザイナーのニック・ダドマンによると、「巻き込まれるのは絶対に避けたい」生き物です。

　水中人は、魚の尾を持つ人間ではなく、魚と人間の特徴を融合したものとして表現されました。デザインはチョウザメをベースに、イソギンチャクのような髪と大鎌のような尾ひれを付けました。尾ひれは上下に動くのではなく、一般的な魚のように左右に動きます。

　このタラ・バーグには半熟のポーチドエッグをのせ、パプリカ、カラフルなこしょう、赤唐辛子フレークで風味を付けたブランデークリームソースがかけてあり、味の融合が楽しめます。小皿に盛ってテーブルかワゴンなどに並べましょう。

タラ・バーグ

バター　小さじ3（分ける）

タラ、またはその他の
　白身魚切り身
　2枚（約450g）

レモン汁　レモン1個分

塩　小さじ1/4

ひきたての黒こしょう
　小さじ1/4

砕いたクラッカー
　1カップ強

パセリ（生・刻む）
　1カップ強

卵（Mサイズ）　2個

赤玉ねぎ（みじん切り）
　大さじ2

にんにく　小1かけ
　（みじん切り）

粉末マスタード　小さじ1

成分無調整牛乳　60ml

ブランデークリームソース

生クリーム　475ml

ブランデー　大さじ2

赤唐辛子フレーク
　小さじ1/4

ヒマラヤピンク岩塩
　1つまみ

ペッパーミックスを
　ひいたもの　1つまみ

パプリカ
　大さじ4（分ける）

ポーチドエッグ

酢　小さじ1

卵（Mサイズ）　4個

飾り

レモン　大1個
　（1.3cm幅のくし形切り）

「マートル……
ねえ、黒い湖には
マーピープルがいるの？」

──ハリー・ポッターが
嘆きのマートルに

『ハリー・ポッターと
炎のゴブレット』

タラ・バーグを作る

1 オーブンを180℃に予熱する。20cm角のオーブン用耐熱皿またはパイ皿にバター小さじ1を塗る。

2 魚の切り身を水で洗い、準備した耐熱皿に並べる。レモン半分をしぼって魚にかけ、塩とこしょうを振り、それぞれの切り身にバターを小さじ1ずつのせる。

3 オーブンに入れ、魚の端が軽く色付いて皿から離れてくるまで、30〜40分焼く。オーブンから出し、魚バーグを成形できるくらいに粗熱が取れるまで5分ほど置く。オーブンは付けたままにしておく。

4 フォークで魚をほぐす。大きめのボウルに、魚、砕いたクラッカー、パセリ3/4、卵、もう半分のレモンの汁、玉ねぎ、にんにく、粉末マスタード、牛乳を入れて手でよく混ぜてから4等分し、直径7.5cm、厚さ1.3cmの円形にまとめる。

5 別の大きめの耐熱皿に入れ、魚バーグの端がきつね色になって皿から離れてくるまで30〜40分焼く。オーブンから出して、盛り付けるまで冷ましておく。

ブランデークリームソースを作る

中くらいのなべに生クリームを入れ、強火にかけて沸騰させる。強めの中火にして、ときどきかき混ぜながら10分ほど煮詰める。ブランデー、赤唐辛子フレーク、塩、こしょう、大さじ3$\frac{1}{2}$のパプリカを加えてよく混ぜ、ソースにとろみが付くまで、さらに25〜30分煮る。

ポーチドエッグを作る

1 大なべに水を1.4L入れて強火にかける。沸騰したら、火を弱めて中火にする。ふつふつと静かに沸いている状態で酢を加え、よくかき混ぜる。卵を割って静かになべに入れ、周りが固まって黄身はまだとろりとしている状態まで、2〜3分ゆでる。ポーチドエッグは、1つずつ作ったほうがうまくできる。大きめの調理スプーン2本で、できあがったポーチドエッグをそっと引き上げ、1つずつ皿に取っておく。

2 魚バーグをそれぞれ皿にのせ、ソースを1/4ずつかけ、その上にポーチドエッグを1つずつそっとのせる。残りのパセリとくし形切りのレモンを飾り、残りの大さじ1/2のパプリカを少しずつ振る。

魚バーグ、ソース、ポーチドエッグの保存は、密閉容器に入れて冷蔵庫で1〜2日だが、作りたてをすぐ食べるのがベスト。

「死の秘宝」風ちぎりパン

小道具制作担当者は、『ハリー・ポッターと謎のプリンス』で蘇りの石をデザインする際、当初は、死の秘宝のシンボルを石に刻み込まなければならないとは知りませんでした。デザインが完成する前に、運よく第7巻の本が刊行され、死の秘宝のシンボルがどのようなものかがはっきりしました。

　このユニークなパンは、死の秘宝のシンボルの3つの部分をかたどっています。ほのかな玉ねぎ風味のミニチーズちぎりパンは三角形に並んでいて、透明マントを表しています。ニワトコの杖を表す直線は、生のタイムとローズマリーでできています。蘇りの石を表す円は、中央の丸い深皿に入れたトマトディップで表しています。

　パンは1人分ずつそれぞれ三角形にして供します。取り分けて食べるカップケーキと同じですが、ここで作るパンは甘くありません。茶盆にのせ、テーブルかワゴンなどに置きましょう。

三角形のちぎりパン

冷凍バターロールパン生地
　680g（解凍する）

ひとくちモッツァレラチーズ
　1カップ強

おろしたパルメザンチーズ
　1/2カップ強

バター　115g（溶かす）

赤玉ねぎ（さいの目切り）
　大さじ1

ローズマリーの葉（生・刻む）
　小さじ1

オレガノの葉（生・刻む）
　大さじ1

塩　小さじ1/4

ひきたての黒こしょう
　小さじ1/4

卵白　1個分

三角形のちぎりパンを作る

1　オーブンを180℃に予熱する。23cm×30cmの天板にクッキングシートを敷く。

2　生地を2.5cm大に切り、大きめのボウルに入れる。モッツァレラチーズ、パルメザンチーズ、バター、玉ねぎ、ローズマリー、オレガノ、塩、こしょうを加え、3〜4回よく混ぜて、生地の表面に溶かしバターを行き渡らせる。

3　準備した天板の上に大きな三角形の輪郭を描くようにパン生地を並べる。小さめのボウルで卵白を溶き、ハケでパン生地に卵白を塗る。

4　全体的に、特に端がきつね色になるまで、45分ほど焼く。オーブンから出して、チーズボード（またはまな板か大皿）にのせる。オーブンはつけたままにしておく。

p. 96へ続く

P. 95から続く

トマトソース

枝付きトマト　大8個
（2.5cm角に切る）

トマトペースト　130g

エクストラバージン・
　オリーブオイル　120ml

オレガノの葉（生・刻む）
　1/2カップ強

ローズマリーの葉
　（生・みじん切り）
　小さじ1/2

にんにく　2かけ
　（みじん切り）

グラニュー糖　小さじ1

ヒマラヤピンク岩塩
　小さじ1/4

ペッパーミックスをひいた
　もの　小さじ1/4

飾り

ローズマリー（生・葉がまだ
　付いているもの）
　長いもの2本

おろしたパルメザンチーズ
　大さじ1

ローズマリーの葉
　（生・刻む）　小さじ1

オレガノの葉（生・刻む）
　小さじ1

赤唐辛子フレーク
　小さじ1/4

トマトソースを作る

1　大きめのボウルに、トマト、トマトペースト、オリーブオイル、オレガノ、ローズマリー、にんにく、グラニュー糖、塩、こしょうを入れ、3〜4回よく混ぜてオイルを行き渡らせる。

2　天板にのせてオーブンに入れ、トマトの皮がはがれてくるまで45分ほど焼く。途中、30分たったところでかき混ぜる。

3　オーブンから出し、スプーンでトマトをつぶし、全体を数回かき混ぜる。

4　チーズボードにのせた三角形のパンの中央に、丸い透明なガラスの器を置き、トマトソースを入れて、パンをディップするのに使う。長いローズマリーを、トマトソースを入れた器の上に縦に置く。ローズマリーが、パンの三角形の一番上の頂点から底辺まで、中央を通るようにする。パルメザンチーズ、ローズマリー、オレガノ、赤唐辛子フレークを散らして飾る。

トマトソースの保存は、密閉容器に入れて冷蔵庫で2〜3日。パンの保存は、密閉容器に入れて室温で2〜3日。

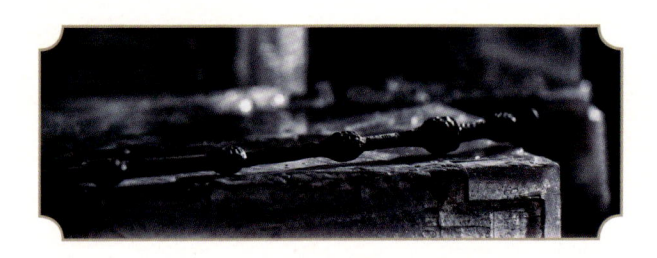

「ニワトコの杖。蘇りの石。そして、透明マント。
この3つを合わせて死の秘宝。
集めれば、死を制する者となれる」

——ゼノフィリウス・ラブグッド

『ハリー・ポッターと死の秘宝1』

七面鳥ドラムスティックの
糖蜜とピノノワール・ロースト
大広間のごちそう仕立て

『ハリー・ポッターと賢者の石』で、ホグワーツ1年生のロン・ウィーズリーは、大広間での歓迎会のごちそうを堪能し、ドラムスティックのローストを両手に1本ずつ持ってガツガツ食べ、舌鼓を打ちます。食べ終わったロンは3本目に手を伸ばしますが、ほとんど首なしニックの首が皿から浮かび上がってきて、怖気づきます。

　この七面鳥のドラムスティックは、ピノノワール種のワインで作ったたれをたっぷりかけながら焼き上げます。たれには、生のセージ、八角、色とりどりのこしょう、そして、ハリー・ポッターの大好物、糖蜜を加えて、風味豊かに仕上げます。

　ハリー・ポッター映画の各所に出てくる大広間のごちそうは、小道具部によって「ケータリング」されたものです。クリス・コロンバス監督の希望で、食べ物は本物が使われていましたが、撮影中に実際に食べる量はごくわずかなため、照明の熱でだんだんまずそうになってしまいました。そのため、それからは樹脂で成形した食べ物がごちそうとして使われることが多くなりました。

ドラムスティック

エクストラバージン・
　オリーブオイル
　大さじ4（分ける）

七面鳥のドラムスティック
　8本

ヒマラヤピンク岩塩
　小さじ1/2（分ける）

ペッパーミックスをひいた
　もの　小さじ1/2（分ける）

ドラムスティックを作る

1　オーブンを190℃に予熱する。

2　大きめのフライパンを中火にかけて、オリーブオイル大さじ2を熱する。ドラムスティックをフライパンに入れ、塩とこしょう各小さじ1/4を振り、8〜10分焼いてよく焼き色を付ける。ひっくり返して残りの塩とこしょう各小さじ1/4を振り、同様に焼く。

3　オーブン対応の厚手の大なべ、または天板に残りの大さじ2の油を塗り、焼いたドラムスティックを並べる。

p.98へ続く

> 「僕、知ってる。
> ほとんど首なしニックだ！」
>
> ——ロン・ウィーズリー
> 『ハリー・ポッターと賢者の石』

P. 97から続く

**糖蜜とピノノワールの
たれ**

ピノノワール種のワイン
　235ml

セージ（生・刻む）
　1カップ強（分ける）

はちみつ　120ml

ブラウンシュガー　55g

糖蜜またはモラセス
　60ml

しょうがの粗みじん切り
　小さじ1

にんにく　2かけ
　（みじん切り）

ローリエ　1枚

八角　1個

乾燥ジュニパーベリー
　小さじ1/2

粉末マスタード　小さじ1/4

ヒマラヤピンク岩塩
　小さじ1/4

ペッパーミックスをひいた
　もの　小さじ1/4

クローブ（粉末）
　1つまみ

糖蜜とピノノワールのたれを作る

1　小なべに、ワイン、セージ半分、はちみつ、ブラウンシュガー、糖蜜、しょうが、にんにく、ローリエ、八角、ジュニパーベリー、粉末マスタード、塩、こしょう、クローブを合わせて強火にかけ、沸騰させる。中火にして、ときどきかき混ぜながら45分煮る。目の細かい取っ手付きのざるでこしてローリエ、八角、ジュニパーベリーを取り除き、こしたたれは大きめのボウルに入れる。

2　糖蜜とピノノワールのたれを、ハケでドラムスティックに厚く塗る。

3　ふたや覆いをせずに、ドラムスティックをオーブンで焼く。45分たったらひっくり返し、上にたれをたっぷり塗る。さらに30分焼き、ひっくり返してまたたれを塗る。肉の中心の温度が75℃になるまで、計1時間半〜2時間焼く。

4　ドラムスティックを大皿に並べ、残りの半分のセージを散らしてできあがり。

保存は、密閉容器に入れて冷蔵庫で2〜3日。

ボウトラックルの島の
バターボード

『ファンタスティック・ビーストと黒い魔法使いの誕生』で、リタ・レストレンジと仲良くなった
ニュート・スキャマンダーは、ひとりぼっちで悲しそうなリタを元気付けるため、黒い湖にあるボウ
トラックルの島に連れて行き、葉がこんもりと茂った木に暮らすボウトラックルの一家を見せます。
ボウトラックルは内気ですが賢い生き物で、葉が付いた小枝が歩いているように見えます。

　このバターボードは、この島に住むボウトラックルにちなんで、やわらかくしたバターの上に、葉
が生い茂ったようなブロッコリーの小房、細かくしたカリカリのベーコン、ハーブを散らし、ニュー
トが学生時代にリタに優しく接したことにちなんで、はちみつをかけました。また、ローストアー
モンドもまんべんなく散らして、風味を添えました。薄切りのレーズンパンのトーストをひとくち
大の三角形に切ったものやクラッカーなどを添えて、茶盆にのせましょう。

ローストアーモンド

細切りアーモンド
　1/2 カップ強

エクストラバージン・
　オリーブオイル　大さじ1

塩　小さじ 1/4

ひきたての黒こしょう
　小さじ 1/4

バターボード

バター　225g
　（やわらかくしておく）

はちみつ　大さじ1

蒸したブロッコリーの小房
　1カップ強（水気をよく切っ
　ておく）

細かく切ってカリカリに焼いた
　ベーコン　1/4 カップ

レーズン　大さじ1

トレビスの葉の千切り
　1/4 カップ

盛り付け用

レーズンパンまたはクラッカー

ローストアーモンドを作る

1　オーブンを180℃に予熱する。天板にクッキングシー
　　トを敷く。

2　小さめのボウルにアーモンドを入れ、オリーブオイル、
　　塩、こしょうを加えて混ぜる。準備した天板にアーモ
　　ンドを並べる。焼きムラを防ぐため、アーモンドが重な
　　らないようにする。オーブンで10分焼き、かき混ぜて
　　もう10分焼く。オーブンから出して冷ましておく。

バターボードを作る

1　まな板または盛り付け用の大皿にバターナイフでバ
　　ターを均一に広げ、その上にはちみつをかける。ブロッ
　　コリー、ベーコン、トレビス、レーズンを均一に並べ、
　　ローストアーモンドを均一に散らす。

2　レーズンパンのトーストまたはクラッカーを添える。

バターボードの保存は、密閉容器に入れて冷蔵庫で1〜2
日だが、作りたてをすぐ食べるのがベスト。パンの保存は、
密閉容器に入れて室温で2〜3日。

「グッド・グレイビー！」
ミニ・ミートローフ・サンドイッチ

1920年代のアメリカでは、「ノウ・ユア・オニオンズ」（know your onions、物事をよく知っている）、「ジュース・ジョイント」（juice joint、もぐり酒場）、「サウンズ・ライク・ベリーズ・トゥー・ミー」（sounds like berries to me、いいね！）など、たくさんのスラングが生まれました。「グッド・グレイビー！」（good gravy!）もそのようなスラングのひとつです。グレイビーは肉汁から作るソースのことですが、このスラングは、驚いたりいら立ったりしたときに汚い言葉を使わずに感情を表現する言葉で、ニューヨークで広く使われていました。

クイニー・ゴールドスタインは、ニュートのトランクにニュート、ジェイコブ、ティナを隠してMACUSA（アメリカ合衆国魔法議会）を出ようとしたときに、上司のアバナシーに出くわし、なぜそんなに早く帰るのか不審がられます。クイニーは具合が悪いふりをしますが、アバナシーは質問を続け、トランクの中身は何かと尋ねます。クイニーは機転をきかせて「女性のあれこれよ」と返答。アバナシーは動揺しますが、クイニーは構わずトランクの中を見せようかと持ちかけ、アバナシーはおどおどしてさらに取り乱し、「グッド・グレイビー！」（いやとんでもない、そんな）と答えます。

この愉快な場面にちなんだケチャップベースの「グッド・グレイビー」ソースは、ひとくちサイズのミートローフサンドイッチにぴったりです。

ミートローフ

バター　大さじ2（分ける）

牛ひき肉　910g

赤玉ねぎ（さいの目切り）
　1/2カップ強

卵（Mサイズ）　2個

にんにく　2かけ（みじん切り）

パセリ（生・みじん切り）　大さじ2

パン粉　1カップ強

成分無調整牛乳　80ml

ヒマラヤピンク岩塩　小さじ1

ひきたてのこしょう　小さじ1/2

粉末マスタード　小さじ1/2

パプリカ　小さじ1/2

サンドイッチ用バンズ（小）　24個

「グッド・グレイビー！」ソース

ケチャップ　4 3/4 カップ

りんご酢　大さじ2

パプリカ　小さじ1

にんにく　1かけ（みじん切り）

ペッパーミックスをひいたもの
　小さじ1/2

ヒマラヤピンク岩塩　小さじ1/4

メモ ✦ おいしいミートローフを作るには、材料をよく混ぜるのがコツです。また、伝統的なミートローフは、作った後、1～2日たつとさらにおいしくなりますが、このミートローフも同じです。

ミートローフを作る

1　オーブンを190℃に予熱する。23cm×13cmのロープ型にバター大さじ1を塗る。

2　大きめのボウルに、残りのバター大さじ1、牛ひき肉、玉ねぎ、卵、にんにく、パセリ、パン粉、牛乳、塩、こしょう、マスタード、パプリカを合わせ、2〜3分、手でよくこねる。

3　ロープ型にミートローフのたねをしっかり詰めてオーブンに入れ、端がすべて色付いて型の側面から離れてくるまで、40〜45分焼く。

4　オーブンから出して数分置く。粗熱が取れたら2.5cm厚さに切る。

「グッド・グレイビー！」ソースを作る

1　ボウルにケチャップ、酢、パプリカ、にんにく、こしょう、塩を入れて、良く混ぜる。

2　サンドイッチ用バンズ（小）2個の間にミートローフ1切れと「グッド・グレイビー！」ソース大さじ1をはさんで、サンドイッチを作る。

ミートローフの保存は、密閉容器に入れて冷蔵庫で3〜4日。パンの保存は、密閉容器に入れて室温で3〜4日。

「いやとんでもない、そんな」

——アバナシー
『ファンタスティック・ビーストと魔法使いの旅』

ロン・ウィーズリーの
ティータイム・ラズベリーゼリー

『ハリー・ポッターと謎のプリンス』では、みんながホグワーツ特急を降りて大広間に来たのに、ハリー・ポッターだけが姿を見せなかったため、心配したハーマイオニーは、ロンが気にかけることもなく赤いゼリーをほおばっているのを見て、ロンをたたいて当たり散らします。

エマ・ワトソン（ハーマイオニー役）は、ハーマイオニーとロンがいつか結ばれるとずっと思っていました。「2人の間には緊張感があるとずっと思っていた。言い争いをしてお互いにいらつくのは、両思いでお互いに意識過剰だったから」。とは言え、ワトソンは2人の関係に肯定的です。「2人はちぐはぐなのに、相性がぴったり」

ハリーはやっと現れました。この場面にちなんで、型に入れて作ったラズベリー味のゼリーサラダを作ってみましょう。バジル・クリームチーズ・スプレッドの層と、塩気のあるプレッツェルの土台の層が加わり、ロンなら食べる手が止まらなくなることでしょう。

ゼリー

バター（マフィン型に塗る）
　大さじ1

いちご味またはラズベリー味
　のゼリーの素　340g

水　475ml＋475ml

冷凍のいちごまたは
　ラズベリー　285g

プレッツェルの層

刻んだプレッツェル
　2カップ強

バター　115g
　（やわらかくしておく）

グラニュー糖　大さじ3

メモ ✦ グルテンフリーにするには、プレッツェルの土台なしで作ります。

ゼリーを作る

1　12個取りのマフィン型の内側にバターを塗る。

2　中くらいのなべに水475mlを入れ、中火にかけて沸騰させる。ゼリーの素を加え、溶けるまで2〜3分かき混ぜる。水475mlを加えて混ぜ、冷凍のいちごまたはラズベリーを加えて混ぜる。準備したマフィン型に注ぐ。後でバジル・クリームチーズ・スプレッドとプレッツェルを入れるので、上から1.3cm以上空けておく。冷蔵庫で4時間以上冷やす。

プレッツェルの層を作る

プレッツェル、バター、グラニュー糖をフードプロセッサーに入れ、プレッツェルが粗くなり全体が生地状になるまで、パルス操作を5回ほど行う。小さめのボウルに移し、組み立てるときまで置いておく。フードプロセッサーは、バジル・クリームチーズの層を作るのに使うので、きれいにしておく。

p. 106へ続く

P. 105から続く

バジル・クリームチーズ・スプレッド

クリームチーズ　340g
（やわらかくしておく）

グラニュー糖　200g

ホイップクリーム　225g

バジル（生）　1つかみ

バジル・クリームチーズ・スプレッドを作る

1　フードプロセッサーにクリームチーズ、グラニュー糖、ホイップクリームを入れ、よく混ざるまでパルス操作を3回ほど行う。

2　ゼリーが完全に固まったら、クリームチーズを混ぜたものをゼリーの上に薄く伸ばし、次にプレッツェルを混ぜたものを伸ばして重ねる。

3　大きめの調理スプーン2本で、できあがったゼリーをマフィン型から引き出す。ゼリーがマフィン型からうまくはがれない場合は、型の外側をお湯に2秒つける。

4　プレッツェルの側を下にして1つずつ皿に盛り付け、バジルを飾る。

保存は、密閉容器に入れて冷蔵庫で2〜3日。

バターナッツかぼちゃの
ミニタルトレット　ハグリッド風
カリカリベーコンとセージ入り

『ハリー・ポッターとアズカバンの囚人』で、ハリー、ロン、ハーマイオニーがハグリッドの小屋を訪れると、庭には鮮やかなオレンジ色の見事なパンプキンがたくさんなっていました。パンプキンはかぼちゃの一種です。かぼちゃにはさまざまな種類があり、ハグリッドは、パンプキン以外にも、バターナッツかぼちゃなどを庭で育てているかもしれません。このレシピに使われているバターナッツかぼちゃは、その名のとおり、バターとナッツのような風味を持っています。

『アズカバンの囚人』に登場するハグリッドの小屋とかぼちゃ畑は、スコットランドで撮影されました。美術監督のスチュアート・クレイグは、ロケ地の美しい背景と広大な空間がとても気に入りましたが、撮影が始まってみると、毎日雨続きでした。雨雲と影によって、いつもと違う「深刻な雰囲気」がこの場面に漂ってよかった、とクレイグは語っているものの、この場面を最後に、大規模なロケ撮影は行われなくなりました。

　この長方形のパイ生地タルトレットには、はちみつ入りのたれをからませたバターナッツかぼちゃの薄切り、少量のクリームチーズ、セージの葉、カリカリに焼いて刻んだベーコンがのっています。ハグリッドなら、小屋を訪れる来客に胸を張ってこれを振る舞うことでしょう。

バターナッツかぼちゃ　1/2個（皮をむいて薄いいちょう切りにする） エクストラバージン・オリーブオイル　大さじ2 はちみつ　大さじ1 ヒマラヤピンク岩塩　1つまみ ペッパーミックスをひいたもの　1振り セージ（生・刻む）　大さじ2 冷凍パイシート　1/2袋 卵　1個	1　オーブンを180℃に予熱する。天板にクッキングシートを敷く。 2　大きめのボウルにかぼちゃ、オリーブオイル、はちみつ、塩、こしょう、セージを合わせ、1分ほど混ぜて、そのまま漬け込んでおく。 3　パイシートを5cm×10cmの長方形（6〜8枚できる）に切って、準備した天板に並べる。小さめのボウルで卵を溶き、ハケでパイ生地に塗る。

p. 109へ続く

「入れ。茶を入れたとこだ」

——ルビウス・ハグリッド
『ハリー・ポッターと秘密の部屋』

P. 107から続く

クリームチーズ　大さじ２

ベーコン　２枚
　（カリッとするまでオーブ
　ンで焼いてから刻む）

メモ ✦ ベジタリアンにするに
は、ベーコンを抜いて作ります。

4　かぼちゃとセージを混ぜたものを、パイ生地に大さじ３ず
　　つのせる。その上に、クリームチーズとベーコン各少々を
　　散らす。その上に、かぼちゃのボウルに残ったオイルをか
　　ける。

5　オープンパイなので、上にパイ生地はかぶせない。

6　オーブンに入れ、完全に火が通って上面と端がきつね色に
　　なるまで40〜45分焼く。

7　オーブンから出して、温かいうちに食べる。

保存は、密閉容器に入れて冷蔵庫で3〜4日。

ペチュニアおばさんの
ティータイム・ハムボール

『ハリー・ポッターと秘密の部屋』では、ダーズリー一家が裕福なメイソン夫妻を夕食に招いてもてなすことになり、バーノン・ダーズリーは夕食会を滞りなく進めようと躍起になります。「バーノンは、何か奇妙なことが起こって近所の人に見られたら大変だと思っている」とリチャード・グリフィス (バーノン役)。「ダーズリー一家は、普通で、世間並みで、まともでありたいと思っているが、ハリー・ポッターのせいでそれがかなわなくなりそうで、恐怖を感じている」。ペチュニアは来客に気に入ってもらえるような夕食を全力で作りましたが、夕食会は悲惨な結果に終わり、バーノンが最も恐れていたことが現実になりました。

　ハムを使ったこのミートボールはどんな席にもぴったりですが、ハイティーにも最高です。温かいミートボールに、パイナップルや桃などの果物とスコッチウイスキーを使った甘酸っぱいたれをかけ、小さく切ったパイナップル、マラスキーノ・チェリー、パイナップルミント1枝を添えましょう。これを茶盆にのせますが、ミートボールの汁が他の食べ物に付かないように、離して置きましょう。

ミートボール

ハム　455g（フードプロセッサーでひく）

牛ひき肉　455g

砕いたクラッカー
1カップ強

卵　3個

成分無調整牛乳
235ml

赤パプリカ　1個
（さいの目切り）

粉末マスタード　大さじ2

にんにく　3かけ
（みじん切り）

マジョラムの葉 (生)
大さじ2（分ける）

メモ ✦ 肉売り場でハムと牛肉をひいてもらって混ぜるのもよいでしょう。

ヒマラヤピンク岩塩
小さじ1/2

ひきたてのこしょう
小さじ1/2

たれ

桃、パイナップル、またはエルダーベリー（セイヨウニワトコの実）のジャム　140g

スコッチウイスキー
大さじ1

鶏肉または野菜のスープ
ストック　大さじ1

添える調味料

パイナップルジャム
235ml

桃ジャム　235ml

ケチャップ　235ml

「だめ、メイソンさんが
いらしてからよ」

——ペチュニア・ダーズリー
『ハリー・ポッターと秘密の部屋』

ミートボールを作る

1　オーブンを180℃に予熱する。天板に
　　クッキングシートを敷く。

2　大きめのボウルに、ハム、牛肉、クラッ
　　カー、卵、牛乳、赤パプリカ、マスタード、
　　にんにく、マジョラムの葉大さじ1、塩、
　　こしょうを入れて、手でよく混ぜる。混
　　ぜすぎるとミートボールが固く締まりす
　　ぎてしまうので、混ぜすぎに注意する。

3　小さめのアイスクリームスクープで、直
　　径2.5cmのだんご状にする。両手の間
　　で転がして丸め、表面を滑らかにする。

4　準備した天板に、ミートボールを2.5cm
　　間隔で並べる。端に焼き色が付くまで1
　　時間ほど焼く。

たれを作る

1　小なべにジャム、スコッチウイスキー、
　　スープストックを入れて強めの中火にか
　　け、沸騰させる。中火にして、ときどき
　　かき混ぜながら、よく混ざるまで15分
　　ほど煮る。

2　ミートボールをオーブンから出し、たれ
　　をかけ、残りの大さじ1のマジョラムの
　　葉を散らす。皿に盛り付けて短い竹串を
　　添え、小さいガラス容器3つにそれぞれ
　　パイナップルジャム、桃ジャム、ケチャッ
　　プを入れてそばに置く。

保存は、密閉容器に入れて冷蔵庫で3〜4日。

ティナ・ゴールドスタインの
ひとくちホットドッグ
ハニーマスタードソース

『ファンタスティック・ビーストと魔法使いの旅』で、ニュート・スキャマンダーは、スティーン・ナショナル銀行の前の階段で、元闇祓いのティナ・ゴールドスタインに出会います。そこでは、新セーレム救世軍のリーダー、メアリー・ルー・ベアボーンが激しい口調で演説し、魔法族の存在を暴露して根絶やしにしようと呼びかけていましたが、ティナは、それを眺めていたのです。ホットドッグを食べながら見ていたティナの口には、マスタードがついていました。

ティナの妹、クイニーは料理が大好きなため、グラフィックアーティストのミラフォラ・ミナとエドゥアルド・リマは、ゴールドスタイン姉妹のアパートを料理本でいっぱいにしました。その中には、ノーマジのように料理する方法を書いた『Franks and Human Beans』（フランクとニンゲンマメ）という本もありました。この本には、偶然にもアップルシュトルーデルのレシピが入っています。ミナとリマは、本の中のさまざまなレシピのほか、クイニーがお菓子を作るときに使う小麦粉や砂糖のラベルも制作しました。

このミニホットドッグは、きつね色の小さなバンズにはさみ、ハニーマスタードソースをかけたものです。ティナのように口にマスタードがついたままにならないように、ナプキンの用意は必須です。

> 「あの、
> 何かついてますよ、そこ」
>
> ——ニュート・スキャマンダーがティナ・ゴールドスタインに
>
> 『ファンタスティック・ビーストと魔法使いの旅』

ミニホットドッグ

冷凍パン生地　455g

ホットドッグ用ソーセージ（小）
　795g

メモ ✦ グルテンフリーにするには、バンズを使わず、ソーセージに竹製のカクテルピックを刺して出しましょう。

ハニーマスタード

粉末マスタード　大さじ2

マスタードシード　大さじ1

はちみつ　大さじ3

りんご酢　小さじ 1/4

ターメリック　小さじ 1/2

ヒマラヤピンク岩塩
　小さじ 1/4

ひきたての黒こしょう
　小さじ 1/4

ミニホットドッグを作る

1 オーブンを180℃に予熱する。天板2枚にクッキングシートを敷く。

2 パン生地を冷凍庫から出して自然解凍する。解凍できたら5cm大に切り、転がして楕円形にする。この生地の量で、ミニホットドッグのバンズが18〜20個できる。

3 成形したパン生地を、準備した天板1枚に並べてオーブンに入れ、端がきつね色になって上が軽く色付くまで50〜60分焼く。

4 もう1枚の天板にソーセージを並べ、全体に濃い焼き色が付くまでオーブンで焼く。

5 バンズとソーセージをオーブンから出し、2〜3分置いて冷ます。

6 波刃の包丁でバンズに横に切れ目を入れる。完全に切ってしまわないように注意する。

ハニーマスタードを作る

1 粉末マスタード、マスタードシード、はちみつ、酢、ターメリック、塩、こしょうを大きめのボウルに入れ、スプーンでよくかき混ぜる。

2 ソーセージをバンズにはさみ、ハニーマスタードをかける。

ソーセージの保存は、密閉容器に入れて冷蔵庫で2〜3日。マスタードの保存は、密閉容器に入れて冷蔵庫で2〜3週間。パンの保存は、密閉容器に入れて室温で3〜4日。

ロン・ウィーズリーの
エスカルゴ詰めマッシュルーム

『ハリー・ポッターと秘密の部屋』で、ロン・ウィーズリーは、ホグワーツの暴れ柳に激突して杖を折ってしまいます。杖はスペロテープで補修しましたが、まだ不安定でした。その後、ロンは、ドラコに侮辱されたハーマイオニーをかばって「ナメクジ食らえ！」の呪文をかけますが、呪文が逆噴射して、自分がナメクジ3匹を吐くはめになります。

　これは、ルパート・グリント（ロン役）のお気に入りの場面のひとつです。「巨大なナメクジを口に含んでから、たっぷりのヌメヌメと一緒に吐き出したんだ」とグリントは語っています。使われた3匹のナメクジはプラスチック製で、モンティ、ビンセント、エセルと名付けられました。ナメクジの粘液には、チョコレート、レモン、オレンジ、ペパーミントの味が付いていました。

　エスカルゴは、味がムール貝に少し似たフランスの高級食材です。このエスカルゴ詰めマッシュルームは、伝統的なフランス風のエスカルゴ皿に盛り付け、ひとくちで食べられるように、一つひとつに短い竹串を刺しておきましょう。

エクストラバージン・オリーブ
　オイル　大さじ2

缶詰のエスカルゴ　200g
　（水で洗って水気を切り、
　　みじん切りにする）

かにの身（缶詰でもよい）
　115g（水気を切る）

赤玉ねぎ（さいの目切り）
　大さじ2

赤パプリカ
　（さいの目切り）　大さじ1

パン粉　大さじ1

粉末マスタード　小さじ1/4

パセリ（生・茎を除いて刻む）
　1カップ強（分ける）

ピノグリなどの辛口の
　白ワイン　120ml

レモン　1/2個

ペッパーミックスをひいたもの
　小さじ1/2

ヒマラヤピンク岩塩
　小さじ1/4

バター　大さじ1（室温）

マッシュルーム（中～大）
　24個

おろしたパルメザンチーズ
　大さじ2

レモン　1個
　（6mm幅のくし形切り）

1　オーブンを180℃に予熱する。

2　フライパンを中火にかけ、オイルを熱する。エスカルゴ、かにの身、玉ねぎ、パプリカ、パン粉、マスタード、パセリの2/3、ワイン、レモンのしぼり汁1/2個分、こしょう、塩を入れ、スプーンでよく混ぜる。ときどきかき混ぜながら、30分ほど煮る。

3　直径23cmのパイ皿、または20cm角のオーブン用耐熱皿の内側にバターを塗る。

4　マッシュルームは、土が付いていればブラシで払い落とし、軸を引っ張って取り除く。準備した焼き皿に、マッシュルームを傘を下にして並べる。

5　スプーンを使って、エスカルゴの詰め物をマッシュルームの傘の裏のひだの部分にできるだけたくさん詰める。(詰められる量は、マッシュルームの大きさによって異なる)

6　マッシュルームにパルメザンチーズを振ってオーブンに入れ、詰め物とマッシュルームに火が通り、マッシュルームの色がかなり濃くなるまで、30〜40分焼く。

7　オーブンから出して、残りの1/3のパセリとレモンのくし形切りを散らし、熱いうちに食べる。

保存は、密閉容器に入れて冷蔵庫で1〜2日だが、作りたてで温かいうちにすぐ食べるのがベスト。

「ナメクジ食らえ!」

——ロン・ウィーズリー

『ハリー・ポッターと
秘密の部屋』

パン屋のコワルスキー風
バター風味の魔女の帽子パン
魔法のハーブ箒添え

『ファンタスティック・ビーストと魔法使いの旅』で、ジェイコブ・コワルスキーは、魔法界で過ごした記憶を消された後、パン屋を開きます。パン屋には、普通のパンやケーキのほか、とても変わったものとして、マグル界には存在しない動物の形の菓子パンがたくさん並んでいました。「ジェイコブが焼くパンには、潜在意識のような記憶が表れている」と、小道具模型制作のピエール・ボハナ。そのため、店には、ロールパンやポンチキと並んで、デミガイズ、ニフラー、エルンペント、オカミーの形の菓子パンも売られています。「もちろん、本物のパンではなく、美しい芸術作品だ」とボハナ。撮影では、動物の形の型に流し込んだ作り物のパンが使われました。

　このレシピのパンは、魔女の帽子の形の正真正銘本物のパンです。1個ずつ小皿にのせてバターを添え、ハーブで作った箒でバターを塗りましょう。ハリーの最新型ファイアボルトにちなんだこのハーブの箒は、タイム、ディル、タラゴンを取り合わせたもので、柄はローズマリーでできています。これを使えば、バターにもパンにもハーブの新鮮な風味がつきます。

パン

冷凍ブレッドスティック生地
　　455g（解凍する）

小麦粉　125g

ブラックオリーブ　4個

ハーブの箒

ローズマリー（生）
　　10cm長さ4本

タラゴン（生）
　　5cm長さ4本

ディル（生）
　　5cm長さ4本

オレガノ（生）
　　5cm長さ4本

チャイブ（生）
　　13cm長さ16本

パンを作る

1　オーブンを180℃に予熱する。

2　5cm深さのアルミ製焼き型2個の底にクッキングシートを敷く。

3　生地を扱う作業台に打ち粉を振る。

4　包丁でパン生地を長方形に4等分する。一方の端を引っ張ってカーブさせ、先をとがらせる。もう一方の端に1.3cm切り込みを入れて、切り込みの両側を引っ張って、帽子のつばを自由に形作る。帽子本体の表面に、鋭いナイフで切り込みを入れて模様を付ける。バターをハケで塗り、15〜30分焼く。

5　オーブンから出し、焼き型に入れたまま冷ましておく。

6　パンの粗熱が取れたら、皿4枚に分けてのせ、ハーブの箒をパンの横に添える。

p. 119へ続く

P. 117から続く

ガーリックバターソース

バター　225g

にんにく　1かけ
（みじん切り）

タラゴンの葉（生）
大さじ1

ディル（生・刻む）
大さじ1

オレガノ（生・刻む）
大さじ1

チャイブ（生・刻む）
大さじ1

ハーブの箒を作る

1　ローズマリーの葉を、上⅓を残して全部取る。タラゴン、ディル、オレガノ各1本を、ローズマリー1本の上部の周りにまとめる。

2　湿らせたキッチンペーパーでチャイブを包み、電子レンジで20秒加熱する。チャイブ4本をローズマリー1本の上部のハーブに巻き付けてハーブを束ね、固定する。同様に、残りの3本のハーブの箒を作る。各皿にハーブの箒を添え、パンにバターを塗るハケとして使う。

パンの保存は、密閉容器に入れて室温で3〜4日。バターの保存は、密閉容器に入れて冷蔵庫で6〜7日。ハーブの保存は、密閉容器に入れて冷蔵庫で2〜3日。

ガーリックバターソースを作る

食べる直前に、ガラス容器にバターを入れて電子レンジで溶かす。にんにく、タラゴン、ディル、オレガノ、チャイブを加えてよく混ぜ、パンに添える。

「どうしてこんなのを思いつくの？　コワルスキーさん」

「さあ、どうしてだろうね──なんとなく思いつくんですよ！」

──女性客とジェイコブ・コワルスキー
『ファンタスティック・ビーストと魔法使いの旅』

モリー・ウィーズリーの
ソーセージとローストトマトの
ミニキッシュ

「モリーは母親。たまたま魔女なだけ。優しくて、いろいろな面で一番堅実」と、モリー・ウィーズリーを演じたジュリー・ウォルターズ。モリーは、自分の周りで何が起きていても、「善の原動力であり、愛、家族、そして人間の美点など、この世界のいろいろな善を導く原動力だ」と語っています。

　ふたくちで食べられるこの小さなティータイム・キッシュは、ウィーズリー夫人が家族のために作ったかもしれないイギリスの典型的な朝食をもとにしています。キッシュはフランス料理だと思われがちですが、「キッシュ」という名前は、実は「ケーキ」という意味のドイツ語から来ています。ブランチで人気のキッシュはバリエーションが豊富で、牛乳、生クリーム、卵で作った濃厚なベースに、何でも好きな具材を入れることができます。朝食用のソーセージ（イギリスでは「バンガー」と呼ばれる）とローストトマトは、イギリスのどこの家庭でも食べられている定番です。

ローストトマト

枝付きトマト　大5個

エクストラバージン・
　オリーブオイル　大さじ3

にんにく　2かけ
　（みじん切り）

粗塩　小さじ1

ひきたての黒こしょう
　小さじ1/4

メモ ✦ チーズは、やわらかいチーズをおろしたものならほとんど何でも使えますが、エメンタールチーズを使うと、典型的なフランス風キッシュの本格的な味が楽しめます。

グルテンフリーにするには、パイ生地なしで作ります。

ローストトマトを作る

1　オーブンを180℃に予熱する。

2　トマトを4つ割りにして天板に並べ、オリーブオイルをかける。にんにくを散らし、塩、こしょうを振る。オーブンで20分焼き、かき混ぜてさらに10〜20分焼く。

3　オーブンから出して、キッチンペーパーを敷いた皿に並べて冷ます。トマトにキッチンペーパーをかぶせ、上からそっと押さえて油を吸わせる。

p. 123へ続く

「いらっしゃい、朝ご飯にしましょ。
さあハリー、召し上がれ。
どうぞ。遠慮なくね」

——モリー・ウィーズリー
『ハリー・ポッターと秘密の部屋』

121

P. 121から続く

キッシュ

冷凍練りパイ生地　4つ

ポーランド風ソーセージ
　（キルバサ）かフランク
　フルトソーセージ　455g

卵（Mサイズ）　8個

牛乳　475ml

生クリーム　235ml

おろしたエメンタールチーズ
　1カップ強（分ける）

おろしたパルメザンチーズ
　1カップ強

粉末マスタード　小さじ2

赤玉ねぎ（さいの目切り）
　1/2カップ強

バジル（生・刻む）
　1カップ（分ける）

ひきたての黒こしょう
　小さじ1/4

バター（型に塗る用）
　大さじ1

キッシュを作る

1　パイ生地を冷凍庫から出し、30分ほど室温で自然解凍する。解凍できたら、直径5cmの円形のクッキー抜き型を使って、生地を25枚の円形に抜く。

2　大きめのフライパンを中火にかけ、20〜30分かけてソーセージを焼く。途中、焼き色がついたらソーセージをひっくり返す。

3　大きめのボウルに卵を割り入れ、フォークで卵黄をつぶしてから、1〜2分、静かに卵を溶く。牛乳、生クリーム、エメンタールチーズ半分、パルメザンチーズ、マスタード、玉ねぎ、バジル7/8カップ、こしょうを加えて、大きめのスプーンでよく混ぜる。焼いたソーセージを6mm厚さの輪切りにして、ボウルに加える。ローストトマトも加えてよく混ぜる。

4　12個取りのカップケーキ型2枚の内側にバターを塗る。丸く抜いたパイ生地を型に1枚ずつ入れ、指で型の内側に沿うように形作る。生地の縁を押さえて均一にならす。生地の底をフォークで刺して穴を開ける。

5　型に卵液を235mlずつ入れる。どの型にも全種類の具材が入るようにする。残りの半分のエメンタールチーズを散らす。

6　オーブンに入れ、キッシュがカスタード状になって端に濃い焼き色がつくまで40〜45分焼く。

7　食べる前に残りの1/8カップのバジルを散らす。

保存は、密閉容器に入れて冷蔵庫で3〜4日。

第 3 章

お茶と楽しむ
キャンディー、
スナック、
おみやげ

蛙チョコレートスナック

蛙チョコレートは、魔法界で大人気のお菓子です。ピョンピョン跳びはねるチョコレートのカエルを入れる五角形の箱は、美術監督のスチュアート・クレイグの意見をもとに、グラフィックス部のアーティスト、ルース・ウィニックがデザインしたものです。「スチュアートが五角形を描いて、『クラシカル』なイメージでやってほしいと言った」とウィニック。ウィニックは、箱のアイデアをゴシック建築に求めました。蛙チョコレートの箱の上面は、ホグワーツ城にあるゴシック様式の三つ葉形の窓を思わせるデザインになっています。グラフィックス部は、蛙チョコレートの原材料表示、宣伝文句、発売年も箱に付けました。

　チョコレートを溶かして作る蛙チョコレートスナックは、ブラックベリーの甘い香りに、ほっこりして気分が上がります。この蛙チョコレートスナックは、ハニーデュークスで販売されていた『ハリー・ポッターと賢者の石』の蛙チョコレートにちなんでいますが、ありがたいことに、窓から飛び出して食べられなくなってしまうことはありません！

チョコレートチップ　340g

ライスクリスピーシリアル
　大さじ2

ブラックベリー
　エクストラクト　小さじ1

特別な道具

カエル形の製菓用プラス
　チック型　1枚

オイルスプレー

メモ ✦ ビーガンにするには、乳製品不使用のチョコレートチップを使います。

「本物のカエルじゃ
ないよね？」

「魔法だよ」

──ハリー・ポッターと
ロン・ウィーズリー

『ハリー・ポッターと賢者の石』

1　弱めの中火で湯せんにかけるか、電子レンジ対応の容器で電子レンジにかけて、チョコレートを溶かす。電子レンジの場合は、30秒加熱してかき混ぜ、さらに30秒加熱する。ライスクリスピーシリアルとブラックベリーエクストラクトを加え、よく混ぜて、クッキー生地のように固い生地を作る。

2　カエルの型の内側に、オイルスプレーを吹きかける。余分なオイルは、やわらかい布でふき取る。

3　混ぜたチョコレートをカエルの型に指で押し込む。チョコレートを型にまんべんなく広げ、厚みを均一にする。端を押し込んで、チョコレートが型からはみ出ないようにする。上面を押してならし、平らにする。

4　冷蔵庫に入れ、型から外してもチョコレートが壊れないくらい固くなるまで、4時間ほど冷やす。

p. 128へ続く

P. 127から続く

5 チョコレートが固まったら、型からそっと取り出す。蛙チョコレートを盛り付け用の皿に並べる。大皿に、他のお菓子も取り合わせて盛り付けると華やかになる。例えば、夢占いドリームバー（p. 20）、発熱しないひとくちヌガー（p. 129）、ダンブルドア好みのニワトコの実のグミキャンディー（p. 142）、ディメンター風ミニ・チョコレートスナック（p. 136）、魔法解除ティーキャンディー（p. 132）、羽の生えた鍵チョコレート（p. 138）など。

保存は、密閉容器に入れて室温で5〜6日。

✦ 魔法界の舞台裏 ✦

蛙チョコレートのラベルには、蛙チョコレートには最高級の「croakoa」が70パーセント含まれていると書いてあります。「croakoa」は、「croak」（カエルがケロケロ鳴く声）と、「cacao (cocoa)」（チョコレートの原料のカカオ豆）を組み合わせた造語です。

発熱しないひとくちヌガー

フレッドとジョージ・ウィーズリーは、ホグワーツ5年生のとき、ずる休みスナックボックスを売る商売を始めました。ずる休みスナックボックスには、半分食べると仮病で授業を抜け出すことができるお菓子が入っていて、そのもう半分は解毒剤になっていました。これを食べたのは生徒だけではありません。『ハリー・ポッターと不死鳥の騎士団』では、ずる休みスナックボックスのお菓子の中でもベストセラーの発熱ヌガーが、アーガス・フィルチに対して使われました。フィルチが、新たに結成されたダンブルドア軍団をひそかに監視していたことがわかったからです。

　フレッドとジョージは、事業を始めるためにホグワーツを後にし、『ハリー・ポッターと謎のプリンス』でダイアゴン横丁にいたずら専門店、ウィーズリー・ウィザード・ウィーズを開きます。この店では、花火やいたずらグッズのほか、発熱ヌガーをはじめとするお菓子を売っていました。小道具制作担当者は、さまざまなどぎつい色のシリコーンを300リットルも使って、商品のお菓子を制作しました。

　チョコレートとマシュマロを使ったミント風味のこの「発熱しない」ひとくちヌガーは、発熱ヌガーを食べたときのような症状は出ませんが、甘くておいしい味に、思わずにっこりしてため息が出るでしょう。

グラニュー糖　600g

バター　170g

エバミルク　160ml

ミントチョコレートチップ　115g

ミルクチョコレートチップ　225g

マシュマロクリーム 200g（マシュマロ
　175gを湯せんで溶かし、ライトコー
　ンシロップ25gを入れてよく混ぜる）

ミニマシュマロ　1カップ強

ペパーミントエクストラクト　小さじ1

チョコレートミントの葉（生）　大さじ1

> 「さあ、買った、買った！
> 気絶キャンディーはいかが？
> 鼻血ヌルヌル・ヌガー。
> 新学期に備えて
> ゲーゲー・トローチ！」
>
> ——フレッドとジョージ・ウィーズリー
>
> 『ハリー・ポッターと
> 謎のプリンス』

1　23cm×30cmの天板にクッキングシートを敷く。クッキングシートが天板の側面も覆うようにする。厚く作る場合は20cm角のオーブン用耐熱皿を使う。

2　中くらいのなべにグラニュー糖、バター、エバミルクを合わせて強火にかけ、煮立たせる。常にかき混ぜながら4分煮て、火から下ろす。ミントチョコレートチップとミルクチョコレートチップを加えて、スプーンで手早く混ぜ込む。チョコレートが完全に混ざったら、マシュマロクリームを加えてよく混ぜる。ミニマシュマロとペパーミントエクストラクトを加えてよく混ぜる。

3　準備した天板に注いで、冷めて固まるまで4時間ほど置いておく。小さく切り分けて、ミントの葉（千切りまたはそのままで）を飾り、小皿にのせる。

保存は、密閉容器に入れて室温で2〜3週間。

ゴールドスタイン家の
おじいさんゆかりの
ティータイムふくろうフード

クイニー・ゴールドスタインは、MACUSA本部で魔法保安局長に監禁されていたニュート、ティナ、ジェイコブを救出します。その後、4人が集結したニューヨークのビルの屋上には、鳩小屋がありました。ジェイコブが昔のことを思い出していると、クイニーにも楽しかった思い出がよみがえります。

　クイニーとティナ・ゴールドスタインは、幼いころに両親が龍痘で亡くなり、孤児になりました。「ティナとクイニーは、家族が自分たち2人しかいない」とアリソン・スドル（クイニー役）。2人は性格や振る舞いが正反対ですが、「クイニーはティナがとにかく好き。相手のことが大好きなら、それを証明する必要はない。ティナとクイニーはそういう間柄だと思う」

　ゴールドスタイン姉妹のおじいさんにちなんだ、フルーツとナッツを焼いたこのお菓子は、人間にもふくろうにもおいしい材料を使っています。手でつまめるスナックとして出してもいいですし、瓶に詰めておみやげにするのもいいでしょう。

くるみ　1カップ強

アーモンド　1カップ強

カシューナッツ　1カップ強

フリーズドライのいちご
　　1カップ強

フリーズドライの
　　ブルーベリー　1カップ強

ドライマンゴー
　　1/2カップ強 (1.5cm大
　　に切る)

干しあんず　1/2カップ強
　　(1.5cm大に切る)

はちみつ　340g

バター　大さじ1 (溶かす)

タイムの葉 (生)　大さじ1

フレーク塩　小さじ1/4

ペッパーミックスを
　　ひいたもの　小さじ1/4

1　オーブンを180℃に予熱する。天板にクッキングシートを敷く。

2　大きめのボウルに、くるみ、アーモンド、カシューナッツ、いちご、ブルーベリー、マンゴー、あんず、はちみつ、バター、タイム、塩、こしょうを合わせ、よく混ぜる。

3　準備した天板に広げる。オーブンに入れ、いちごの縁の色が少し濃くなり始めるまで20〜25分焼く。

4　オーブンから出して、室温まで冷ましておく。

保存は、密閉容器に入れて室温で2〜3週間。

「サージト！」（目覚めよ）

──ニュート・スキャマンダー

『ファンタスティック・ビーストと
黒い魔法使いの誕生』

魔法解除ティーキャンディー

『ファンタスティック・ビーストと黒い魔法使いの誕生』では、ロンドンの自宅で動物の世話をしていたニュートのところに、クイニー・ゴールドスタインとジェイコブ・コワルスキーが勝手に入ってきます。2人と一緒に夕食を食べていたとき、ニュートは、ジェイコブの様子がどこかおかしいことに気付きます。ジェイコブが塩を料理でなく自身の手に振りかけ、自身とクイニーの婚約を祝って乾杯するときに、グラスに入れたシャンパンを自身にぶちまけたのです！

「ジェイコブはやけに上機嫌で、すごくうれしそうだが、ちょっと度を越している。実は、クイニーに魔法をかけられていたんだ」とダン・フォグラー（ジェイコブ役）。それは、とても特殊な魔法でした。ニュートがジェイコブに「サージト」（目覚めよ）の呪文をかけて、クイニーの恋の呪文を解くと、鮮やかな赤いハートがジェイコブの頭上に現れます。

「サージト」にちなんだこのハート形のゼリー菓子には、ラズベリーティーが使われています。茶盆の菓子皿の上に他のお菓子とともに盛ってもいいですし、容器に入れて、おみやげにするのもいいでしょう。

粉ゼラチン　115g

チェリー味、ラズベリー味、
　またはいちご味のゼリー
　の素　85g

チェリー、ラズベリー、
　またはいちごのジャム
　235ml

特別な道具

12個取りの5cm大のハート
　形の製菓用型2枚、また
　は24個取りのハート
　形の製菓用型1枚

オイルスプレー

1　小なべに120mlの水を入れて強火で沸騰させる。粉ゼラチン、ゼリーの素、ジャムを加え、常にかき混ぜながら、とろみが付くまで4分ほど煮る。

2　ハート形の製菓用型にオイルスプレーを吹きかける。余分なオイルは、湿らせたやわらかい布でふき取る。

3　小さいスプーンで、ゼリー液を注意深く型に流し込む。

4　冷蔵庫に入れて、ゼリーが固まるまで1時間ほど冷やす。

5　プラスチック製のナイフでゼリーを取り出す。取り出すときは、力を入れないように注意しながらゼリーと型の間にぐるりとナイフを入れて、底にナイフを差し込み、型から引っ張り出す。

6　皿に盛り付けるか、お菓子用の透明な小さい袋に入れてリボンを結び、おみやげにする。

保存は、密閉容器に入れて冷蔵庫で5〜6日。

「アッシュワインダー」の卵のピクルス

『ファンタスティック・ビーストと魔法使いの旅』で、ティナは、行方不明になった動物たちを探しているニュートに、ナーラクに会いに行くことを提案します。ゴブリンのナーラクは、ブラインド・ピッグというもぐり酒場のオーナーで、魔法動物の取引もしているため、行方不明の動物を見かけた可能性があるからです。ニュートは、情報を得るためにはナーラクに相応の見返りを渡す必要があると悟り、最初にガリオン金貨、次に望月鏡を提示し、最後に凍ったアッシュワインダーの卵を見せました。アッシュワインダーの卵は、ほれ薬によく使われます。

「ナーラクのような立場の人物は、どの層とも取引する方法をわきまえている。相手が政府の最高指導者であっても、最低の犯罪者や極悪人であっても」と、いかがわしいゴブリンのナーラクを演じたロン・パールマンは語っています。

卵のピクルスは、酒場でよく出されます。ここでは、ローリエとジュニパーベリーを入れた白ワインビネガーに固ゆで卵を漬けています。卵は、浅めの皿に盛り付けるか、ガラス瓶に1人分ずつ分けて入れて、ふたにリボンかひもを巻いて結び、おみやげにするといいでしょう。

グラニュー糖　200g

白ワインビネガー　235ml

ローリエ　2枚

乾燥ジュニパーベリー　10個

クローブ　5本

卵　12個（固ゆで）

ビーツ　大1個（2.5cm大に切る）

✦ 魔法界の舞台裏 ✦

ナーラクは、アッシュワインダーの卵を見せられましたが、ニュートのボウトラックル、ピケットに気付いて、卵を受け取りませんでした（ボウトラックルは鍵を開けることができるのです）。

1 中くらいのなべにグラニュー糖、酢、水235ml、ローリエ、ジュニパーベリー、クローブを合わせて強めの中火にかけ、沸騰させてから中火にする。

2 卵とビーツを大きめのボウルまたは瓶に入れて、その上からピクルス液を注ぐ。ふたをして、冷蔵庫で1日以上漬ける。

3 卵を¼に切り、他の軽食と組み合わせて皿に盛り付ける。例えば、ニース風サラダのティータイムボート（p. 80）、ダームストラング専門学校流ショプスカサラダのティーパーティー・ボート（p. 76）、ロン・ウィーズリーのフィンガーサンドイッチ（p. 82）、ペチュニアおばさんのティータイム・ハムボール（p. 110）、ティナ・ゴールドスタインのひとくちホットドッグ　ハニーマスタードソース（p. 112）など。または、1人あたり2〜3個の卵をガラス瓶に入れると、おみやげになる。

保存は、密閉容器に入れて冷蔵庫で1〜2カ月。

ディメンター風
ミニ・チョコレートスナック

リーマス・ルーピン教授によると、ディメンター（吸魂鬼）は、楽しい気分や幸福な思い出をひとかけらも残さず吸い取ってむさぼり食います。ハリーは、ホグワーツに来るまで幸せな思い出がほとんどなかったため、『ハリー・ポッターとアズカバンの囚人』で初めて登場したディメンターに大きな影響を受けます。

『アズカバンの囚人』のアルフォンソ・キュアロン監督は、ディメンターを、映画に登場する他の生き物とはまったく違う感じにしたいと思い、そのための工夫のひとつとして、ディメンターの動きをとてもゆっくりにすることにしました。そして、デジタルアーティストたちに、「ディメンターは急いでいるわけではないので、王族のような動きがいい」と指示しました。「ディメンターは、止めることのできない軍団だ。この映画では、本当に恐ろしい生き物を作り出すことができたと思う」とキュアロンは語っています。

　ココナッツ風味のカリッとしたこのディメンター風スナックは、チョコレートたっぷりでおいしく、幸せな思い出しか生まれないでしょう。

ココナッツ　1カップ強

チョコレートチップ　680g

バター　大さじ2
　（やわらかくしておく）

カリカリに揚げた麺
　（かた焼きそば、皿うどん
　など）285g

粗塩フレーク　大さじ1

メモ ✦ ビーガンにするには、乳製品不使用のチョコレートチップとバターを使います。

1　オーブンを180℃に予熱する。天板にクッキングシートを敷く。

2　準備した天板にココナッツを広げる。オーブンに入れて3分焼いたらかき混ぜ、軽く色付くまで、もう5分ほど焼く。オーブンから出して置いておく。

3　チョコレートチップとバターを、電子レンジ対応の中くらいのボウルに入れて、電子レンジでチョコレートチップを溶かす。20秒加熱するごとにかき混ぜ、チップが完全に溶けたら加熱をやめる。

4　麺とココナッツを、溶かしたチョコレートに加えて混ぜる。麺1本1本にたっぷりのチョコレートが行き渡るようにする。

✦ 魔法界の舞台裏 ✦

陰鬱なディメンターから身を守るには、呪文「エクスペクト パトローナム」を唱えます。この呪文を使うと、プラスのエネルギーが生まれ、ディメンターは呪文を唱えた人の代わりにそのエネルギーをむさぼり食います。

5 長さ30cmのワックスペーパーを調理台に置く。チョコレートをかけた麺をアイスクリームスクープで丸く形作り、ワックスペーパーの上に並べる。粗塩フレークを振りかけ、1時間以上置いて乾かす。乾いたら、盛り付け用の皿に並べる。大皿に、他のお菓子も取り合わせて盛り付けてもいい。例えば、夢占いドリームバー (p. 20)、発熱しないひとくちヌガー (p. 129)、ダンブルドア好みのニワトコの実のグミキャンディー (p. 142)、蛙チョコレートスナック (p. 126)、魔法解除ティーキャンディー (p. 132)、羽の生えた鍵チョコレート (p. 138) など。

保存は、密閉容器に入れて室温で2〜3週間。

「不思議。こんな鳥、見たことない」

「鍵だ。鍵鳥なんだ。
どれかがドアを開ける鍵だ」

——ハーマイオニー・グレンジャーとハリー・ポッター
『ハリー・ポッターと賢者の石』

羽の生えた鍵チョコレート

『ハリー・ポッターと賢者の石』で、賢者の石を捜して仕掛け扉のある入り口から下に飛び降りたハリー、ハーマイオニー、ロンには、3つの試練が待ち受けていました。3人は悪魔のわなにからみ付かれましたが、ハーマイオニーのおかげで抜け出すことができました。ロンは、ダンブルドア校長の言葉を借りれば、「ホグワーツでも近年まれに見るチェスの名勝負を披露」しました。そして、ハリーは箒で飛ぶすばらしい才能を使って、最後の試練にたどり着くのに必要な羽の生えた鍵をつかまえました。

　羽の生えた鍵はCGで、恐ろしく荒々しい印象を与えるデザインになっています。もし美しければ、ハリーたちにとって怖い存在ではなくなってしまうからです。動きも重要な要素で、鳥の群れのように一斉に動かすことになりました。鍵の群れは、ドアを開ける鍵をつかまえようと部屋の中を飛び回るハリーの周りで、ぐるぐる回ったり猛スピードで飛び交ったりします。

　ひとくちかふたくちで食べられるこの鍵形のチョコレートは、甘いラズベリー味でチョコレートの苦さが和らぎ、フルーティーな軽さを与えて、おいしさがアップ。きっと皿から飛び立っていくことでしょう！

チョコレートチップ　340g

ラズベリーエクストラクト
　大さじ1

食用の羽形の飾り　14枚

特別な道具

鍵形の製菓用
　プラスチック型　1枚

オイルスプレー

メモ ✦ ビーガンにするには、乳製品不使用のチョコレートチップを使います。

1　弱めの中火で湯せんにかけるか、電子レンジ対応の容器で電子レンジにかけて、チョコレートを溶かす。電子レンジの場合は、30秒加熱してかき混ぜ、さらに30秒加熱する。ラズベリーエクストラクトを加えてよく混ぜ、クッキー生地のように固い生地を作る。

2　鍵形の型の内側に、オイルスプレーを吹きかける。余分なオイルは、やわらかい布でふき取る。

3　混ぜたチョコレートを型に指で押し込む。チョコレートを型にまんべんなく広げ、厚みを均一にする。端を押し込んで、チョコレートが型からはみ出ないようにする。上面を押してならし、平らにする。

p. 140へ続く

P. 139から続く

4 冷蔵庫に入れ、型から外してもチョコレートが壊れないくらい固くなるまで、4時間ほど冷やす。

5 チョコレートが固まったら、型からそっと取り出す。

6 鍵の持ち手に近い部分の左右に、熱くしたバターナイフを当ててから、食用の羽形の飾りを押し付ける。

7 鍵の持ち手にリボンを結び付けて、戸口、マントルピース、窓枠などにつるして飾る。

保存は、密閉容器に入れて室温で2〜3週間。

ハニーデュークスの
お持ち帰り用棒付きキャンディー

ハリー・ポッターは、ホグズミードに行く許可証に保護者のサインをもらえず、ホグズミードに行くことができないでいましたが、忍びの地図を使ってついに行けるようになり、ハニーデュークス菓子店にやって来ます。このとき、ハリーは透明マントを着ていました。店の中を歩き回りながら、ハリーはネビル・ロングボトムのつやつやした赤いペロペロキャンディーを、ネビルがなめようとするまさにその瞬間に取り上げました。

『ハリー・ポッターとアズカバンの囚人』に登場するハニーデュークスは、ミントグリーン色の壁に綿あめ色で彩った棚が並び、お菓子でいっぱいの背の高い広口ガラス瓶がぎっしり並んでいます。ハニーデュークスには、お菓子だけでなく、驚くようなからくり装置を使った店頭ディスプレーが2つあります。ひとつはシルクハットをかぶった骸骨で、「アイボール・ボナンザ」という目玉のような大きいあめが、歯をむき出した口を通って出てきます。もうひとつは、ひげを生やした男が屋敷しもべ妖精に髪やひげを引っ張られて困っているもので、ひげが取れて細長いリコリス（甘草あめ）が出てきます。

　ネビルがなめようとしていたのにハリーが奪ったのは、「血のペロペロキャンディー」です。このレシピでは、鮮やかな赤色のラズベリー味の棒付きキャンディーが作れます。ドアのそばの茶盆に置いて、お客さまが持ち帰れるようにしておきましょう。

オイルスプレー

グラニュー糖　300g

コーンシロップ　160ml

クリームターター(酒石英)
　　小さじ1/2

ラズベリーエクストラクト
　　小さじ2

赤の食用色素（液体）　10滴

特別な道具

料理用温度計

10個取りの棒付きキャンディー
　　の型　1枚

長さ5cmの棒付きキャンディー
　　用の棒（型についてくること
　　が多い）　10本

1　棒付きキャンディーの型にオイルスプレーを吹きかける。型を天板にのせる。

2　大なべに、グラニュー糖、水175ml、コーンシロップ、クリームターターを合わせて中火で沸騰させる。料理用温度計で計って150℃になったら火から下ろす。ラズベリーエクストラクトと食用色素を加え、色むらがなくなるまでよく混ぜ合わせる。

3　大きめのスプーンで、キャンディー型のくぼみに小さじ1ずつ流し込む。型に棒をはめ込み、棒の2/3がキャンディーの外に出ているようにする。キャンディーが完全に固まるまで、45分ほど置いておく。キャンディーを型から引っ張り出し、5cm四方のラップをかぶせる。ラップの端を棒に巻き付けるようにして、キャンディーを包み込む。

保存は、密閉容器に入れて室温で3〜5週間。

ダンブルドア好みの ニワトコの実のグミキャンディー

アルバス・ダンブルドアは、キャンディー好きなことで有名です。ダンブルドアの校長室につなが るらせん階段を使うときの合言葉も、「レモン・キャンディー」です。また、やたらとかみつく「カミ カミ・キャンディー」というリコリス菓子を入れた器が、机の上にいつもあります。ダンブルドアな ら、このレシピのキャンディーがとても気に入ることでしょう。その理由のひとつは名前かもしれ ません。ダンブルドアはニワトコの杖の持ち主だからです。

　小道具部は、ハニーデュークスなどの菓子店に登場するキャンディーや焼き菓子、その他のお菓 子すべての制作を任され、ウィーズリー・ウィザード・ウィーズの撮影では、シリコーンで成形した お菓子が何千個も作られました。『ハリー・ポッターと死の秘宝1』のビル・ウィーズリーとフラー・ デラクールの結婚式では、4段重ねのケーキのほか、小型のケーキ、プチフールなどのひとくちサ イズのお菓子が4千個作られました。

　この魅惑のキャンディーは、エルダーベリー（ニワトコの実）のジャムを使ったグミです。

エルダーベリー（セイヨウニワトコ
　の実）のジャム　1カップ強

はちみつ　大さじ1

粉ゼラチン　大さじ2

グラニュー糖　100g

バター　大さじ1

粉砂糖　120g

「ああ、ハリー、そこの
カミカミ・キャンディーでも食べて
待ってるといい。だが、
気を付けてな。刺激が強いぞ」

——アルバス・ダンブルドア

『ハリー・ポッターと炎のゴブレット』

1　小さめのオーブン用耐熱皿にクッキングシートを敷 く。側面にも必ずクッキングシートを敷く。

2　中くらいのなべにジャム、はちみつ、ゼラチン、グラ ニュー糖、バターを合わせて強火にかけ、沸騰させ る。常にかき混ぜながら4分煮ると、液にとろみが つく。

3　準備した耐熱皿に注ぐ。ナイフを使わないと切れな いくらい固まるまで、4時間以上置く。

4　耐熱皿に入れたまま、2.5cm大の長方形または正方 形に切り分ける。

5　中くらいのボウルに粉砂糖を入れる。切ったキャン ディーを耐熱皿から取り出し、粉砂糖のボウルに入 れて軽く混ぜ、全部の面に粉砂糖を付ける。密閉容 器に入れて冷蔵庫に入れ、一晩置く。食べる前に小 皿に並べる。

保存は、密閉容器に入れて冷蔵庫で1〜2週間。食べる 1時間前に冷蔵庫から出し、室温にしておく。

第4章

ティータイムの
お酒、ホットドリンク、
魔法のカクテル

ホグワーツ4寮のお茶

ホグワーツでは、寮のシンボルカラーを、ローブや、寮のクィディッチチームを応援する旗などに使って、寮に対する誇りを表現します。ホグワーツの大広間には、寮の色を示す特別なアイテムがあります。それが、教授席の後ろにある、寮の点数を示す砂時計です。寮の点数は生徒の行いによって増減し、年度末には、その最終的な結果に基づいて寮杯が授与されます。砂時計は、完全に機能するものです。年度初めにはまだ得点が入っていない設定のため、撮影時には、ビーズが砂時計の上部だけに入るよう、細心の注意が払われました。

　ここでご紹介するお茶は、ホグワーツの各寮を色と風味で表現しています。バラ色のゼラニウムティーはグリフィンドールの赤、はちみつしょうがティーはハッフルパフの黄色、バタフライピー・ティーはレイブンクローの青、レモン風味のミントティーは、スリザリンの緑を表します。

　色とりどりのお茶は、ホグワーツ寮の4層虹色プチフール (p. 64) にぴったりです！

ハッフルパフの
はちみつしょうがティー

しょうが（刻む）　大さじ1

クローバーはちみつ
　　小さじ¼

黄色の食用色素（液体）
　　5滴

レイブンクローの
バタフライピー・ティー

乾燥バタフライピー（粉砕）
　　大さじ1

レモン汁　小さじ¼

はちみつ　小さじ¼

ハッフルパフのはちみつしょうがティーを作る

ティーカップに熱湯を入れる。しょうがをティー・インフューザーに入れてお湯に沈め、2分浸す。はちみつと黄色の食用色素を入れて、スプーンで3回かき混ぜる。

レイブンクローのバタフライピー・ティーを作る

ティーカップに熱湯を入れる。乾燥バタフライピーをティー・インフューザーに入れてお湯に沈め、1分浸す。レモン汁とはちみつを加えて混ぜる。

p. 149へ続く

P. 147から続く

スリザリンの
レモンミントティー

ミントの葉 (生・刻む)
　　大さじ1

レモンの薄切り　1/2枚

緑の食用色素 (液体)
　　1滴

グリフィンドールのいちご
風味ゼラニウムティー

乾燥ローズゼラニウムの葉
　　(粉砕)　大さじ1

赤の食用色素 (液体)
　　1滴

ローズゼラニウムの葉 (生)
　　1枚

フリーズドライのいちご
　　(薄切り)　3枚

スリザリンのレモンミントティーを作る

ティーカップに熱湯を入れる。ミントをティー・インフューザーに入れてお湯に沈め、2分浸す。レモンと緑の食用色素を加えて混ぜる。

グリフィンドールのいちご風味ゼラニウムティーを作る

1　ティーカップに熱湯を入れる。乾燥ゼラニウムの葉をティー・インフューザーに入れてお湯に沈め、1分浸す。

2　ティー・インフューザーを取り出し、赤の食用色素を加えてよく混ぜる。

3　生のゼラニウムの葉とフリーズドライのいちごを飾る。

✦ 魔法界の舞台裏 ✦ ─────────

寮の点数を示す砂時計には膨大な量のガラスビーズが使われ、イギリス全土でビーズが不足したほどでした！

赤毛の魔女の
ジンジャー・ウイスキーサワー

ウイスキーサワーは、1930年代にニューヨークで人気になったカクテルです。姿を見せたことのないユニークな魔法界の人物にちなんで、しょうが風味にアレンジしたこのウイスキーサワーは、甘みと酸味が完璧に調和し、ロイヤルティーのお客さまに喜ばれることでしょう。

　グラフィックデザイナーのミラフォラ・ミナとエドゥアルド・リマは、『日刊予言者新聞』の紙面を埋めるため、クィディッチの試合や、著者イベント、コンテスト入賞者などについての記事の見出しを作りました。見出しには、「赤毛の魔女（ジンジャー・ウィッチ）」（「ジンジャー」には、「しょうが」という意味のほかに「赤毛」という意味もある）と呼ばれる人物も繰り返し登場しました。赤毛の魔女は、1920年代から少なくとも1990年代まで、常習的に犯罪を繰り返していました。赤毛の魔女が初めて登場したのは『ハリー・ポッターとアズカバンの囚人』ですが、その悪行は、『ファンタスティック・ビーストと魔法使いの旅』の時代までさかのぼります。

しょうがシロップ
グラニュー糖　100g

しょうが（刻む）　大さじ1

カクテル
スコッチウイスキー　60ml

レモン汁　30ml

飾り
レモンの薄切り　1/2枚

マラスキーノ・チェリー
　1個

しょうがシロップを作る

小なべに、グラニュー糖、水120ml、しょうがを入れて強火にかけ、沸騰させる。常にかき混ぜながら煮立て、グラニュー糖が完全に溶けたら、中火にして30分煮る。火から下ろして室温まで冷ましておく。目の細かい取っ手付きのざるでこして、しょうがを取り除き、こしたシロップは大きめのボウルに入れる。

カクテルを作る

1　クープグラスに氷を2/3の高さまで入れ、ウイスキー、しょうがシロップの1/4、レモン汁を加えてよく混ぜる。

2　レモンの薄切りとチェリーに竹製のカクテルピックを刺して飾る。

余ったしょうがシロップは、お茶、カクテル、デザートなどの風味付けに使う。保存は、密閉容器に入れて冷蔵庫で2〜3日。

✦ 魔法界の舞台裏 ✦

悪名高い赤毛の魔女は、かつらの窃盗で罪に問われ、バーティー・ボッツの百味ビーンズの製品リコールに関係したとされ、マグルのフットボールの試合で逮捕されたという犯罪歴を持っています。

「謎の赤毛の魔女を取り調べ中」

——1926年11月の日刊予言者新聞

『ファンタスティック・ビーストと
魔法使いの旅』

ニフラーのテディのごほうびミルク

『ファンタスティック・ビーストと魔法使いの旅』で観客の心を奪ったニフラーのテディは、『ファンタスティック・ビーストと黒い魔法使いの誕生』ではちょっとやんちゃになりますが、ダンブルドアがグリンデルバルドを破るのに、その盗み癖が非常に重要な役割を果たすことになります。テディは、互いに戦わないという2人の血の誓いが入った小瓶を盗むことに成功したのです。

ニフラーのおもしろい姿かたちや元気いっぱいな性格は、モグラ、カモノハシ、ハリモグラをもとにしています。デザイナーは、これらの動物が足を使っている動画をじっくり見て、参考にしました。「ラーテル（ミツアナグマ）が誰かの家を荒らしている、すばらしい動画も見付けた」と、視覚効果スーパーバイザーのクリスチャン・マンツ。「ラーテルは、食べ物に対してとにかく貪欲で、冷蔵庫や戸棚をひっかき回していた。現実世界の動物のこのような特徴を取り入れたからこそ、ニフラーがすばらしいものになったんだと思う」

泡立てた生クリームをのせた特製麦芽乳ドリンクは、小瓶を盗み出したテディの手柄にふさわしいごほうびになるでしょう。飲み口に付けたチョコレートスプリンクルは、ニフラーのとがった黒い毛をイメージしています。

麦芽乳ドリンク
チョコレートシロップ
　大さじ2
チョコレートスプリンクル
　（チョコレートスプレー）
　大さじ1（メモ参照）
成分無調整牛乳　235ml
麦芽乳パウダー　120ml

トッピング用生クリーム
生クリーム　120ml
グラニュー糖　小さじ1
レモン汁　小さじ1/2

メモ ✦ ニフラーのひげのような、長さ6mmの濃い茶色のチョコレートスプリンクルを使いましょう。

麦芽乳ドリンクを作る

1　チョコレートシロップを皿に出す。透明なグラスの縁をチョコレートシロップにつけ、そのままグラスを回転させて、チョコレートシロップを縁全体につける。

2　チョコレートスプリンクルを別の大皿にのせる。グラスの縁をスプリンクルにつけ、グラスを回転させて、スプリンクルを縁全体につける。

3　ミキシンググラスに牛乳と麦芽乳パウダーを入れ、パウダーが溶けて牛乳とパウダーが完全に混ざるまで、バースプーンで2分ほどよくかき混ぜる。

トッピング用の生クリームを泡立てる

1　スタンドミキサーのボウル、またはハンドミキサーの場合は大きめのボウルに、生クリーム、グラニュー糖、レモン汁を入れ、よく混ざって飛び散らない程度にとろみが付き始めるまで、3分ほど低速で泡立てる。高速に切り替え、とろみが付いて軽く角が立つまで12～15分泡立てる。

2　ドリンクをグラスに注ぎ、泡立てた生クリーム大さじ2をのせる。

保存は、密閉容器に入れて冷蔵庫で1～2日。

トレバーの
ヒキガエル池風ポンチ

『ハリー・ポッターと賢者の石』で、1年生のネビル・ロングボトムは、ホグワーツにペットのヒキガエル、トレバーを持って来ますが、トレバーは2度もいなくなってしまいます。トレバー役を務めたヒキガエルは4匹います。

　映画に登場した回数が一番多かったヒキガエルの本名は、偶然にも「ハリー」でした。ハリーは手に持たれるのを嫌がり、いつもマシュー・ルイス（ネビル役）の手から跳び出してルイスの顔や他の俳優に跳び付こうとしていました。

　とは言え、ルイスはトレバーのおかげでストーリーがおもしろくなってうれしかったと語っています。ルイスならきっと、トレバーのために、このドリンクで乾杯することでしょう。これは、シャーベットも入ったレモンライムと青りんごの味の炭酸ドリンクです。泡立つポンチを「ヒキガエルの池」に見立てて大きいポンチ用ボウルに入れるか、脚付きの透明なワイングラスかクープグラスに1人分ずつ分けて入れましょう。

レモンライム味の炭酸飲料
　2L（冷やしておく）

青りんご味の粉末ドリンク
　大さじ8

氷　7カップ

レモンまたはライムの
　シャーベット　1.4L

特別な道具
透明なガラス製のポンチ用
ボウルとお玉

1　ピッチャーまたはポンチ用ボウルに炭酸飲料と粉末ドリンクを入れ、粉末が完全に溶けるまで3〜5分かき混ぜる。

2　氷を加える。シャーベットをスプーンですくって、ポンチ用ボウルに入れたドリンクのあちこちに入れる。

3　夢占いドリームバー（p. 20）を、花やスイレンの葉の形のクッキー抜き型でスイレンの葉の形に切って添える。

保存は、密閉容器に入れて冷蔵庫で1〜2日。

アルバス・ダンブルドア流
アップルバターとブランデーのホット・トディ

『ハリー・ポッターとアズカバンの囚人』で、ハリーとハーマイオニーは、ハーマイオニーの逆転時計を使って、ハグリッドが飼っているヒッポグリフのバックビークを救出しようとします。2人は、処刑を宣告されていたバックビークを別の場所に連れて行って隠しました。バックビークがどこを探しても見付からないとわかると、処刑人はもう帰っていいと言われ、アルバス・ダンブルドアは、ハグリッドの小屋に入ってお茶かブランデーでも一緒に飲もうと、魔法大臣のコーネリウス・ファッジに手招きします。

　生き物効果スーパーバイザーのニック・ダドマンは、こう語っています。「バックビークをかぼちゃ畑で座らせようという話があって、私は『できるよ』と言った。バックビークを鎖につないで、子供たちがそれを引っ張るという話に、『それもできる』と言った。すると今度は、バックビークが立ち上がって子供たちと一緒に歩いて畑から逃げると言われて、『ああ、それは無理だ。できないと思う』と言ったんだ！」

　ホット・トディは、ウイスキーやブランデーなどのお湯割りに砂糖・レモンを加えた飲み物です。この場面が撮影されたような寒い雨の日には、アップルバターを入れてシナモンとミントで風味をきかせたこのホット・トディが、俳優やスタッフに喜ばれたことでしょう。

アップルバター

りんご　大2個（皮をむいて
　　2.5cm角に切る）

ブラウンシュガー　大さじ2

レモン汁　レモン1個分

シナモン　小さじ1

おろしたナツメグ
　　小さじ 1/4

ドリンク

ブランデー　60ml

熱湯　60ml

レモン汁　小さじ 1/2

飾り

りんごの薄切り　2枚

ミントの葉　大2枚

シナモンスティック　1本

アップルバターを作る

小なべに、りんご、水235ml、ブラウンシュガー、レモン汁、シナモン、ナツメグを合わせて強火にかけ、常にかき混ぜながら、とろみが付くまで4分ほど煮立てる。中火にして、さらに40分煮る。

保存は、密閉容器に入れて冷蔵庫で4〜5日。

ドリンクを作る

1　ブランデーを透明なガラス製のマグカップに注ぎ、熱湯とレモン汁を加えてかき混ぜる。アップルバター大さじ1を加えて、すばやくかき混ぜる。

2　りんごの薄切り2枚とミントの葉2枚をカクテルピックに刺して飾り、シナモンスティックを入れてかき混ぜ棒にする。

> 「ならば、空を捜すことじゃな、大臣。
> その間、お茶かブランデーでもたっぷり頂いていようかの」
>
> ——アルバス・ダンブルドア
> 『ハリー・ポッターとアズカバンの囚人』

トレローニー教授の占いティー

『ハリー・ポッターとアズカバンの囚人』で、シビル・トレローニー教授の占い学の最初の授業は、お茶の葉の模様の読み方についてでした。生徒は、向かいの人とティーカップを交換して、お互いのお茶の葉の模様を読みました。ロンはハリーのカップのお茶の葉の模様を読んで、「苦しむけれど、それがとっても幸せ」と解釈しました。トレローニーは、ハリーのカップをのぞき込んで、グリム（死神犬）が見えると言います。グリムは巨大な亡霊犬で、死の予兆を示すとされていました。

このドリンクは、リンデンの葉を使っています。リンデンは、おいしいお茶ができるだけでなく、歴史を通じて占いにも使われてきました。また、リンデンの木の夢は吉報の予兆だとされています。このお茶を飲み終わったら、カップに残ったお茶の葉で占いをしてみましょう。

| リンデンの葉（乾燥）
　　大20枚 |
| レモンの薄切り
　　1/2枚 |

1　すり鉢とすりこぎでリンデンの葉を5分ほどすって細かい砂状にし、ティー・インフューザーに入れる。ティーカップに熱湯を深さ3/4まで入れる。ティー・インフューザーを沈めてかき混ぜる。レモンを加える。

2　お茶を飲み終わったら、カップに残ったお茶のおりの模様を読む。

✦ 魔法界の舞台裏 ✦

「トレローニーの才能は本物だと思う。でも、（このような人に）ありがちなことだが、それを無理やり引き伸ばして実際より大きくしている」と、トレローニー役のエマ・トンプソンは言います。トレローニーの予言は、暗く悲観的になりがちです。「そうやって少しずつ大きくしているんだと思う」とトンプソンは語っています。

「今学期は、お茶の葉の
模様を読むすべを
勉強します。それでは
皆さま、向かいの人と
ティーカップを
交換なさって」

──シビル・トレローニー

『ハリー・ポッターと
アズカバンの囚人』

ゴールドスタイン姉妹の
コアントローココア

『ファンタスティック・ビーストと魔法使いの旅』で、ゴールドスタイン姉妹のアパートに泊まった魔法動物学者のニュートとノーマジのジェイコブのところに、ティナが、寝る前に心を落ち着けてくれるホットココアを持ってきます。ジェイコブは、一緒に飲もうとニュートを誘いますが、ニュートは眠っているようです。しかし、ティナが部屋を出ていくと、ニュートはベッドから飛び出してトランクの中に下りていき、驚くジェイコブに、ついてくるよう手招きします。トランクの中に入ったジェイコブは、そこで暮らす不思議な魔法動物たちに魅了されました。

　ティナのココアをアレンジしたこのドリンクには、オレンジの香りのリキュール、コアントローが加わり、チョコレートボールにミニマシュマロと食用の金のグリッターを入れたものも入っています。チョコレートボールの上からホットミルクを注いで、すばやくかき混ぜると、チョコレートボールがホットミルクに溶け、マシュマロと金のグリッターが出てきます。ジェイコブがティナのココアにうっとりしたように、ロイヤルティーのお客さまもきっと、この魔法のようなすてきなココアに魅了されることでしょう。

チョコレートチップ　40g

バター　小さじ1

ミニマシュマロ　5個

食用の金のグリッター
　（金粉）　小さじ¼

成分無調整牛乳　235ml

コアントロー　大さじ1

オレンジの皮のすりおろし
　小さじ1

特別な道具
直径5cmの中空のチョコレートボールを作るための製菓用プラスチック型
　1枚

メモ ✦ ビーガンにするには、牛乳の代わりにお湯を使い、ミルクチョコレートチップの代わりにキャロブチップを使います。

1　チョコレートチップとバターを、電子レンジ対応の大きめのボウルに入れて電子レンジにかけるか、中火で湯せんにかける。チップが完全に溶け、バターとチョコレートがよく混ざったら、すぐ加熱をやめる。電子レンジでチョコレートを溶かす場合は、設定を中にして1分加熱してからかき混ぜ、もう1分加熱する。

2　ボール型の両半分の内側に、溶かしたチョコレートをハケで均等に塗る。チョコレートが型の側面から型の上端まで全体的に付くようにする。これを何度も繰り返して、型の内側が約6mm厚さのチョコレートで覆われるようにする。きれいなバターナイフで、型の縁のチョコレートを平らに整える。

3　冷蔵庫に入れ、型を外してもチョコレートが形を保てるくらいの固さになるまで、10〜15分冷やす。

4 チョコレートが固まったら冷蔵庫から出し、型から引っ張り出す。湯を含ませたハケでチョコレートの両半分の縁をなぞって少しやわらかくし、後で1つに合わせたときにくっつくようにしておく。

5 ミニマシュマロ5個とグリッター小さじ$1/4$を、チョコレートボールの一方の半分に入れる。両半分の縁を合わせて、くっつくまで3分ほど軽く押し付ける。チョコレートボールを冷蔵庫に戻し、固くなってしっかり付くまで3分ほど冷やす。

6 小なべに牛乳を入れ、強火にかけて沸騰させる。弱めの中火にして、注ぐときまで温めておく。

7 マグカップにコアントロー大さじ1を注ぎ、チョコレートボールを入れる。

8 熱い牛乳をティーポットに入れ、マグカップに注ぐ。

9 オレンジの皮のすりおろしを飾る。

10 すばやくかき混ぜて、牛乳の熱でチョコレートが溶けてグリッターとマシュマロが出てくるようにする。牛乳とチョコレートがよく混ざるまでかき混ぜ続ける。

「温かい飲み物はいかが？」

——ティナ・ゴールドスタイン

『ファンタスティック・ビーストと魔法使いの旅』

✦ 魔法界の舞台裏 ✦

ニュートがトランクの中に入って下りていく場面の撮影では、トランクの底とその下の床を取り除き、中にはしごをかけて、エディ・レッドメインがそこを下りていくようにしました。ダン・フォグラー演じるジェイコブは、トランクがきつくてうまく中に入れないため、トランクを何度かジャンプさせて中に入ります。これは、CGを使った映画の魔法です。

ニューヨーク・ゴーストの
モーニングコール・ドランブイ・コーヒー

『ファンタスティック・ビーストと魔法使いの旅』に登場した魔法界の地元紙『ニューヨーク・ゴースト』には、「ウェイキーアップ・ブリュー」（「起きて！コーヒー」というような意味）という濃いカフェイン飲料の広告が掲載されていました。魔法界のコーヒーは刺激的で元気がわく飲み物ですが、ドランブイ（特別なスコッチウイスキー）で風味を付けたアニス香る濃厚なコーヒードリンクは、それに匹敵するかもしれません。ロイヤルティーに加えたい、パンチの効いた飲み物です。

　グラフィックス部は、ハリー・ポッター映画で、『日刊予言者新聞』をはじめとして魔法界のさまざまな新聞を制作し、新聞のあちこちにある広告や記事の見出しも考えました。新聞の紙は、傷んでいるように見せるため、コーヒーを入れた特別な液に浸してから、廊下の床に広げて乾かしました。そのため、魔法界の映画に出てきた新聞は、すべてほのかなコーヒーの香りがしていました。

泡立てた生クリーム

生クリーム　235ml

グラニュー糖　小さじ1

レモン汁　レモン1/4個分

ドランブイ・コーヒー

氷　1カップ

ドランブイ　120ml

コーヒー　475ml
　（室温まで冷ます）

飾り

ミント（生）　2本

食用の金粉とラメ
　小さじ1/4

メモ ✦ ビーガンにするには、泡立てた生クリームの代わりに乳製品不使用のコーヒー用クリームを使います。

生クリームを泡立てる

スタンドミキサーのボウル、またはハンドミキサーの場合は大きめのボウルに、生クリーム、グラニュー糖、レモン汁を入れ、よく混ざって飛び散らない程度にとろみが付き始めるまで、3分ほど低速で泡立てる。高速に切り替え、とろみが付いて軽く角が立つまで12〜15分泡立てる。

ドランブイ・コーヒーを作る

1　透明なガラス製のコーヒー用マグカップ2個に、氷を1/2カップずつ入れる。ドランブイを半量ずつ注いでから、コーヒーを半量ずつ注ぐ。泡立てた生クリームをのせる。

2　ミントを飾り、食用の金粉とラメを散らす。

> 「ノーマジのコーヒーより
> 強力な可能性！」
>
> ――『ニューヨーク・ゴースト』紙に掲載されたウェイキーアップ・ブリューの広告
>
> 『ファンタスティック・ビーストと魔法使いの旅』

アンブリッジ教授の
アールグレイ紅茶と
ラズベリーのシャンパンカクテル

『ハリー・ポッターと不死鳥の騎士団』では、ドローレス・アンブリッジが自分の部屋で、罰を受ける
ハリーを監視しますが、その前に自分で紅茶をいれて、ピンク色の砂糖を少なくともティースプー
ンに3杯入れます。アンブリッジは、紅茶のかき混ぜ方がティータイムの「ルール」によると正しく
ないようで、まっすぐ行ったり来たりするのではなく、円を描くようにかき混ぜています。しかし、
カップの持ち方は正しく、小指を立てずに取っ手をしっかりつかんでいます。

イメルダ・スタウントン（アンブリッジ役）は、ハリーが受けた罰について、「（アンブリッジは）こ
れが完全に正当なことだと思っている」と言いますが、アンブリッジが罰を使って教えるのは怖い
ことだと語り、このシーンを撮り終わってとてもみじめな気分になったと打ち明けています。

このロイヤルティー用カクテルは、アンブリッジ教授が登場する場面の紅茶とピンク色にアイデ
アを得ています。ノンアルコールにするには、シャンパンの代わりにレモンライム味の炭酸飲料を
使いましょう。

氷　1個

シャンパンまたは
　スパークリングワイン
　235ml（冷やしておく）

アールグレイ紅茶（紅茶
　をいれてから室温まで
　冷ます）　大さじ1

グラニュー糖　小さじ1/2

ラズベリー（生）
　4個（分ける）

1　シャンパングラスまたはワイングラスに氷を入れる。

2　ミキシンググラスにシャンパンと紅茶を入れて、かき混
　ぜる。

3　別のグラスまたはボウルにグラニュー糖とラズベリー3個
　を入れて、大きめのスプーンの背でつぶしながら混ぜ、ミ
　キシンググラスに加える。

4　ミキシンググラスに入れた材料を、バースプーンで15回
　ほどよくかき混ぜる。

5　氷の上からカクテルを注ぐ。残りのラズベリーを竹製のカ
　クテルピックに刺し、グラスの縁に渡して飾りにする。

スウーピング・イーヴルの
ブルーベリーとミント入り
アビエーション・カクテル

ニュート・スキャマンダーは、世界中を旅しながら、魔法動物を救出して健康を回復させ、魔法動物についてできる限りのことを学ぼうとしています。地元では「スウーピング・イーヴル（空飛ぶ悪魔）」と呼ばれる魔法動物もそのひとつで、ニュートは「物騒な名前だよね」と言います。1927年、ニューヨークの街は、オブスキュラスを持つ者であるクリーデンス・ベアボーンによって破壊されましたが、ニュートは持っている知識を活用し、スウーピング・イーヴルの毒液で市民の記憶を消すことができると考えました。

スウーピング・イーヴルは、下側が鮮やかなコバルトブルーで、齧歯動物のような頭部と、サーベルのような鋭い歯を持っています。「イーヴル」という名のとおり凶悪な見た目でも、ニュートとその友人たちにとっては、力になる存在です。

このスウーピング・イーヴルのカクテルは、典型的なアビエーション・カクテルにミントを加えてさわやかに仕上げたもので、ロイヤルティーにぴったり。ほのかなブルーベリーがバイオレット風味と調和しています。

ブルーベリー
　　大3個（分ける）

ミント（生）　大1本

氷　1カップ

ジン　60ml

クレーム・ド・バイオレット
　　大さじ½

レモン汁　大さじ½

レモンの皮のすりおろし
　　1つまみ

食用の金粉と小さな星形の
　　飾り　1つまみ

1　すり鉢とすりこぎで、ブルーベリー1個とミントの葉3枚を一緒にすりつぶす。すり鉢とすりこぎの代わりに、小さめのボウルでスプーンを使ってつぶしてもよい。

2　カクテルシェーカーに、氷、ジン、クレーム・ド・バイオレット、レモン汁、すりつぶしたブルーベリーとミントを入れ、20回振る。

3　こしながらクープグラスに注ぐ。残りの2個のブルーベリーとミントを竹製のカクテルピックに刺し、グラスの縁に渡して飾りにする。レモンの皮のすりおろしと食用の金粉と小さな星形の飾りを散らす。

✦ マグルの魔法 ✦

アビエーション・カクテルは、20世紀初めにニューヨークで考案されました。「アビエーション」は「航空、飛行」という意味です。空の旅がまだ目新しく、飛行機は華やかな交通機関だった当時、クレーム・ド・バイオレットを使ったこのカクテルの色が空の青さを思わせることから、その名が付きました。

スネイプ教授の
ブルーベリー・セージ・スプリッツァー

セブルス・スネイプ教授は、「ボタンを首元まで留める」タイプの魔法使いで、とても無口で、自分の考えをなかなか明かしません。実際、スネイプの服はボタンが首元まで並び、長い袖にも、ブーツにかぶさったズボンにも、ボタンがたくさん付いています。

　この魔法のカクテルは、スネイプの青いローブ（映画では黒く映っている）にアイデアを得たものです。堅苦しいスネイプも、くつろいだひとときには、魔法薬ではなく、さわやかで元気の出る飲み物を作ることに心を向けるのではないでしょうか。ロイヤルティー向けには、炭酸水の代わりにスパークリングワインを使いましょう。

　アラン・リックマン（スネイプ役）は、スネイプの衣装がデザインされるとき、ボタンをたくさん付けてほしいとリクエストしました。リックマンは、雑念に惑わされずひとつのことに集中するスネイプの生き方を表現するのに、衣装が重要な役割を果たすと考えていました。「スネイプは孤高の人。実際どんな暮らしをしているのかは、よくわからない。人付き合いはほとんどせず、服はどう見ても1組しか持っていない！」（リックマン）

ブルーベリー（生）
　1/2カップ強

ザラメ糖　小さじ1

セージの葉（生）
　小さじ1（刻む）＋3枚

炭酸水　235ml

メモ ✦ これはさわやかなノンアルコールドリンクですが、炭酸水の代わりにスパークリングワインを使えば、アルコールドリンクになります。

1　すり鉢とすりこぎで、ブルーベリーの半分、ザラメ糖、刻んだセージの葉小さじ1を一緒にすりつぶす。

2　大きめの透明なグラスに氷を半分の高さまで入れる。すりつぶしたブルーベリーなどと残りの半分のブルーベリーをグラスに入れ、炭酸水を注いでよく混ぜる。セージの葉3枚を飾る。

「人の心を操り、感覚を惑わせる技を
伝授してやろう」

──セブルス・スネイプが魔法薬学のクラスの1年生に
『ハリー・ポッターと賢者の石』

食習慣に関する表記一覧

記号の意味
V：ベジタリアン　V＋：ビーガン　GF：グルテンフリー

手軽につまめる
プチサイズのスイーツ

ハグリッドのパンプキン・
ティータイム・マドレーヌ
✦ V

ジェイコブ・コワルスキーの
プチサイズ・ティータイム・
ポンチキ ✦ V

ホグワーツ教授席の
りんごのロースト入り
ひとくちスコーン
生クリームとミント添え
✦ V

夢占いドリームバー ✦ V

ペチュニアおばさんの
ティータイム・ウィンドトルテ
✦ GF, V

ハンガリー・ホーンテール
のプチケーキ ✦ V

アンブリッジ教授の
ロード・オブ・ワッフル
✦ V

パリのパティスリー風
ふたくちラベンダー・
カヌレ ✦ V

マクゴナガル教授の
変身スティッキー・
トフィー・プディング ✦ V

モリー・ウィーズリーの
ルバーブとカスタードの
ティータイム・トライフル
✦ V

スラグホーン教授の
ひとくちハイティー・
プロフィテロール ✦ V

コワルスキーのパン屋の
びっくりオカミ卵
✦ GF, V

ハニーデュークスの
ティータイム・レモン
ドロップメレンゲ ✦ V

サーカス動物のひとくち
ティービスケット ✦ V

クイニーのプチ・ブランデー・
アップル・シュトルーデルと
アップル・ミントソース
✦ GF, V

スプラウト教授のひとくち
温室ミステリーケーキ ✦ V

カシェ街のオレンジ風味
ティータイムシュー ✦ V

ホグワーツ寮の4層虹色
プチフール ✦ V

ドローレス・アンブリッジ
のスコーン

ニフラーのテディの
ふたくち金貨ケーキ
サンドイッチ ✦ V

宙に浮かぶクイニー・
ゴールドスタインの
ティーポット ✦ GF, V

ティータイムに
ぴったりな
塩味の軽食

ダームストラング専門学校流
ショプスカサラダの
ティーパーティー・ボート
✦ GF, V

オオガラス風目玉焼きの
ミニサンドイッチ ✦ GF

ニース風サラダの
ティータイムボート ✦ GF

ロン・ウィーズリーの
フィンガーサンドイッチ

漏れ鍋のティータイム
えんどう豆スープ ✦ GF

禁じられた森の
ミニ・マッシュルーム・
シュトルーデル ✦ V

ルーナ・ラブグッドの
はちみつ焼きラディッシュ
サラダ ✦ GF, V

黒い湖のタラ・バーグ
ポーチドエッグと
ブランデー・クリーム
ソース添え ✦ GF

「死の秘宝」風ちぎりパン
✦ V

七面鳥ドラムスティックの
糖蜜とピノノワール・ロースト
大広間のごちそう仕立て
✦ GF

ボウトラックルの島の
バターボード ✦ GF

「グッド・グレイビー！」
ミニ・ミートローフ・
サンドイッチ

ロン・ウィーズリーの
ティータイム・ラズベリー
ゼリー ✦ GF

バターナッツかぼちゃの
ミニタルトレット
ハグリッド風　カリカリ
ベーコンとセージ入り ✦ V

ペチュニアおばさんの
ティータイム・ハムボール

ティナ・ゴールドスタインの
ひとくちホットドッグ
ハニーマスタードソース
✦ GF

ロン・ウィーズリーの
エスカルゴ詰め
マッシュルーム

パン屋のコワルスキー風
バター風味の
魔女の帽子パン
魔法のハーブ箒添え ✦ V

モリー・ウィーズリーの
ソーセージとローストトマト
のミニキッシュ

お茶と楽しむ
キャンディー、
スナック、おみやげ

蛙チョコレートスナック
✦ GF, V, V+

発熱しないひとくちヌガー
✦ GF, V

ゴールドスタイン家の
おじいさんゆかりの
ティータイムふくろうフード
✦ GF, V

魔法解除ティーキャンディー
✦ GF, V

「アッシュワインダー」の
卵のピクルス ✦ GF, V

ディメンター風
ミニ・チョコレートスナック
✦ V, V+

羽の生えた鍵チョコレート
✦ GF, V, V+

ハニーデュークスの
お持ち帰り用棒付き
キャンディー ✦ GF, V, V+

ダンブルドア好みの
ニワトコの実の
グミキャンディー ✦ GF, V

ティータイムのお酒、
ホットドリンク、
魔法のカクテル

ホグワーツ4寮のお茶
✦ GF, V

赤毛の魔女のジンジャー・
ウイスキーサワー
✦ GF, V, V+

ニフラーのテディの
ごほうびミルク ✦ GF, V

トレバーのヒキガエル池風
ポンチ ✦ GF, V

アルバス・ダンブルドア流
アップルバターとブランデー
のホット・トディ
✦ GF, V, V+

トレローニー教授の
占いティー ✦ GF, V, V+

ゴールドスタイン姉妹の
コアントローココア
✦ V, V+

ニューヨーク・ゴーストの
モーニングコール・
ドランブイ・コーヒー
✦ GF, V, V+

アンブリッジ教授のアール
グレイ紅茶とラズベリーの
シャンパンカクテル
✦ GF, V, V+

スウーピング・イーヴルの
ブルーベリーとミント入り
アビエーション・カクテル
✦ GF, V, V+

スネイプ教授の
ブルーベリー・セージ・
スプリッツァー ✦ GF, V, V+

安全に揚げ物を
するための注意

油で揚げるときには、危なくないように、
次の注意を必ず守ってください。

✦ 揚げ物専用の電気フライヤー、それ
がなければ天ぷらなべか、厚手の深
なべを使う。

✦ なべの油が多すぎると、食材を入れ
たときに熱い油があふれ出ることが
あるので、入れすぎないようにする。

✦ キャノーラ油、ピーナッツ（落花生）
油、大豆油など、揚げ物に適した油を
使う。

✦ 油の温度は温度計で常にチェックし、
175℃〜190℃を保つ。

✦ 食材を一度にたくさん入れすぎない
ようにする。

✦ 水気の多い食材を入れると、油がは
ねて火傷をすることがあるので、入れ
ないようにする。

✦ 油があふれたり火が出たりしたとき
に、ふたをかぶせられるように、必ず
ふたをそばに置いておく。非常時の
ために、油火災に適した消火器を手
元に用意しておくといい。

✦ なべのそばを離れず、子供をなべに
近寄らせない。

✦ 熱い油に、顔や手などを絶対に入れ
ない。

単位換算表

体積

アメリカの計量カップ (約235ml)	大さじ (15ml)	小さじ (5ml)	液量オンス (約30ml)
1/16 カップ	大さじ1	小さじ3	1/2 液量オンス
1/8 カップ	大さじ2	小さじ6	1液量オンス
1/4 カップ	大さじ4	小さじ12	2液量オンス
1/3 カップ	大さじ5 1/2	小さじ16	2 2/3 液量オンス
1/2 カップ	大さじ8	小さじ24	4液量オンス
2/3 カップ	大さじ10 2/3	小さじ32	5 1/3 液量オンス
3/4 カップ	大さじ12	小さじ36	6液量オンス
1カップ	大さじ16	小さじ48	8液量オンス

ガロン (約3.8L)	クオート (約945ml)	パイント (約475ml)	アメリカの計量カップ (約235ml)	液量オンス (約30ml)
1/16 ガロン	1/4 クオート	1/2 パイント	1カップ	8液量オンス
1/8 ガロン	1/2 クオート	1パイント	2カップ	16液量オンス
1/4 ガロン	1クオート	2パイント	4カップ	32液量オンス
1/2 ガロン	2クオート	4パイント	8カップ	64液量オンス
1ガロン	4クオート	8パイント	16カップ	128液量オンス

重さ

グラム (g)	オンス (oz)
14 g	1/2 oz
28 g	1 oz
57 g	2 oz
85 g	3 oz
113 g	4 oz
142 g	5 oz
170 g	6 oz
283 g	10 oz
397 g	14 oz
454 g	16 oz
907 g	32 oz

オーブンの温度

華氏 (°F)	摂氏 (°C)
200 °F	93 °C
225 °F	107 °C
250 °F	121 °C
275 °F	135 °C
300 °F	149 °C
325 °F	163 °C
350 °F	177 °C
375 °F	191 °C
400 °F	204 °C
425 °F	218 °C
450 °F	232 °C

長さ

インチ	センチメートル
1インチ	2.5 cm
2インチ	5 cm
4インチ	10 cm
6インチ	15 cm
8インチ	20 cm
10インチ	25 cm
12インチ	30 cm

索引

HARRY POTTER: AFTERNOON TEA MAGIC
by Veronica Hinke and Jody Revenson

Created by Insight Editions LP

Published by arrangement with Insight Editions LP,
2505 Kerner Boulevard, San Rafael, CA 94901, USA
through The English Agency (Japan) Ltd.

ハリー・ポッター
魔法のアフタヌーンティー
2024年9月10日　初版第1刷発行

著者／ベロニカ・ヒンケ、ジョディ・レベンソン
日本語版監修／松岡佑子
翻訳／宮川未葉

発行人／松岡佑子
発行所／株式会社静山社
〒102-0073 東京都千代田区九段北1-15-15
03-5210-7221
https://www.sayzansha.com

編集協力／榊原淳子
日本語版デザイン／大城貴子

ISBN978-4-86389-881-3

Printed in China by Insight Editions

コンセプトアート

p. 8

『ハリー・ポッターと秘密の部屋』で、ロンとハリーは、空飛ぶ車に乗ってウィーズリー一家の住む隠れ穴に到着する。アンドリュー・ウィリアムソン制作のアート。

p. 29

『ハリー・ポッターと炎のゴブレット』の三大魔法学校対抗試合の第1の課題でハリーが対決したハンガリー・ホーンテール種のドラゴン。ポール・キャットリング制作のコンセプトアート。

p. 167

アーティストのダン・ベイカーが『ファンタスティック・ビーストと魔法使いの旅』用に制作した、恐ろしいスウーピング・イーヴルのスケッチ。まゆのような状態と翼を完全に広げた状態を描いている。

Photographer: Ted Thomas
Food and Prop Stylist: Elena P. Craig
Assistant Food Stylist:
Patricia Parrish
Photoshoot Art Director:
Judy Wiatrek Trum
Illustrations: Paula Hanback